大家小书

杨宪益 著

文学漫识

北京出版集团
北京出版社

图书在版编目（CIP）数据

文学漫识 / 杨宪益著. — 北京：北京出版社，2020.10
ISBN 978-7-200-14485-7

Ⅰ.①文… Ⅱ.①杨… Ⅲ.①文学理论—文集 Ⅳ.①I0-53

中国版本图书馆CIP数据核字（2018）第270399号

总 策 划：安　东　高立志　　特邀编辑：韩慧强　　责任编辑：高立志　王忠波

·大家小书·

文学漫识
WENXUE MANZHI
杨宪益　著

出　　版	北京出版集团
	北京出版社
地　　址	北京北三环中路6号
邮　　编	100120
网　　址	www.bph.com.cn
总 发 行	北京出版集团
印　　刷	北京华联印刷有限公司
经　　销	新华书店
开　　本	880毫米×1230毫米　1/32
印　　张	7.875
字　　数	125千字
版　　次	2020年10月第1版
印　　次	2020年10月第1次印刷
书　　号	ISBN 978-7-200-14485-7
定　　价	48.00元

如有印装质量问题，由本社负责调换
质量监督电话　010-58572393

总　序

袁行霈

"大家小书",是一个很俏皮的名称。此所谓"大家",包括两方面的含义:一、书的作者是大家;二、书是写给大家看的,是大家的读物。所谓"小书"者,只是就其篇幅而言,篇幅显得小一些罢了。若论学术性则不但不轻,有些倒是相当重。其实,篇幅大小也是相对的,一部书十万字,在今天的印刷条件下,似乎算小书,若在老子、孔子的时代,又何尝就小呢?

编辑这套丛书,有一个用意就是节省读者的时间,让读者在较短的时间内获得较多的知识。在信息爆炸的时代,人们要学的东西太多了。补习,遂成为经常的需要。如果不善于补习,东抓一把,西抓一把,今天补这,明天补那,效果未必很好。如果把读书当成吃补药,还会失去读书时应有的那份从容和快乐。这套丛书每本的篇幅都小,读者即使细细地阅读慢慢地体味，也花不了多少时间，可以充分享受读书的乐趣。如果把它们当成补药来吃也行，剂量小，吃起来方便，消化起来也容易。

我们还有一个用意，就是想做一点文化积累的工作。把那些经过时间考验的、读者认同的著作，搜集到一起印刷出版，使之不至于泯没。有些书曾经畅销一时，但现在已经不容易得到；有些书当时或许没有引起很多人注意，但时间证明它们价值不菲。这两类书都需要挖掘出来，让它们重现光芒。科技类的图书偏重实用，一过时就不会有太多读者了，除了研究科技史的人还要用到之外。人文科学则不然，有许多书是常读常新的。然而，这套丛书也不都是旧书的重版，我们也想请一些著名的学者新写一些学术性和普及性兼备的小书，以满足读者日益增长的需求。

"大家小书"的开本不大，读者可以揣进衣兜里，随时随地掏出来读上几页。在路边等人的时候，在排队买戏票的时候，在车上、在公园里，都可以读。这样的读者多了，会为社会增添一些文化的色彩和学习的气氛，岂不是一件好事吗？

"大家小书"出版在即，出版社同志命我撰序说明原委。既然这套丛书标示书之小，序言当然也应以短小为宜。该说的都说了，就此搁笔吧。

代序:了不起的杨宪益

李 辉

一

此刻,2009年11月29日,上午10时30分,杨先生的遗体告别仪式正在八宝山举行。我没有去现场,而是开始了这篇怀念文章的写作。

我知道,杨先生一定不习惯告别仪式。这些年,他不止一次说过,他去世后一切从简,与十年前去世的妻子戴乃迭一样,悄悄地走,连骨灰也不保留。经历一生大起大落大喜大悲大怒大哀之后,他真的把许多事情看得很淡,活得洒脱。这一时刻,对于我,除了尊重他的意愿,还有更好的悼念吗?

杨先生最后一次住进医院,是在今年的"十一"期间,家人说这段时间病人少,病房方便,为他选择了煤炭总医院。过去他住院，都是几个人一间的大屋，这一次，他终于有了自己单独的病房。房间不大，但有单独的卫生间，有两张床，另一张床正好可以让日夜照顾他的小年师傅使用。未承想，这里，成了老人九十五年生涯的最后一站。

9月下旬，我将去南京，行前特地去小金丝胡同家中探望他，以便将他的近况转告他的南京妹妹杨苡老师。外表看，他与前不久没有太大差别，脸色红润，神态慈祥。一开口说话，却让我有些吃惊。声音低而嘶哑，几乎没有清晰的字句。不过，交谈几句后，开始恢复正常，与以前一样可以连贯地与人交谈，声音也不再细弱无力。他指指脖子，说，喉咙里长了东西。我一看，脖子上可以看到一个鼓起的包，是瘤子在挤压声带。

他还是习惯地拿起一支烟。如以往一样，我为他点燃烟——虽然清楚这是严重违反医嘱。

我们闲谈。我告诉他，杨苡老师说冬天她还要来北京住几个月，等着为您祝寿。他说，他们家里人都长寿。"我母亲活到了九十六，我今年也快九十五了。够了。"很骄傲的样子，说完，淡淡一笑，又吸上一口烟。

我心里"咯噔"一下。九十五岁当然已经是了不起的高寿，但眼前这位极其可爱的老头，随意说出这句话，还是让我联想到一些现实中的预兆，不免有些伤感。一个老人，如果心里有个未实现的愿望，它时常会支撑他活下去。前年，杨先生曾大病过一次，大家担心他能否过关。当时，他惦记着与两个妹妹的约定，等杨苡腿部骨折伤好，从南京来北京过冬，三人一起庆祝他的九十四岁生日。他一直念叨着这件事，他真的挺了过来，高高兴兴地等到了三兄妹的欢聚。

这一次，在快到九十五岁生日的时候，他又住进了医院。手术当天下午，去看他，他还能正常交谈，但气力与声音已不如半个月前。几天后，他忽然需要鼻饲，再去看他，与我的交谈，就只能用闪亮的目光和温暖柔软的手了。

与杨先生的最后一次见面，是在他去世的前三天。杨苡老师上午来电话说，哥哥呼吸忽然困难，医生与家人商量，如果严重，是否可以切开气管抢救。杨先生和家属的意见比较一致，届时放弃这一抢救手段。我想，对于杨先生，这也是不错的选择，不再让老人受折磨的痛苦，让他平静地远行。下午，我赶去医院，走进病房，却惊喜地看到他居然又挺过来了。气力虽衰，但神志清楚，眼睛还能睁开，看见我走近，他晃晃右手，伸过来。手依然温暖，柔软。

无法交谈了。告诉他，我第二天要到外地去，回来后再来看他。临走告别，他用手指指沙发。沙发上放着一包书，这是他的一本合集《去日苦多》，由青岛出版社出版，书赶着印出来，清醒中他看到了自己题签的新书。我拿起一本，放进书包。看他虚弱、渐趋衰竭的样子，对他的康复我真的不抱太多乐观。

11月22日下午，我在外地接到杨苡老师电话，说：哥哥可能快不行了，低压只到了30—50之间。她很镇静——这些日子她一直表现得很镇静。她说，她已经做好了最坏结局的精神准备。第二天，早上，8点钟，电话又响了。她说："我哥哥走了，早上6点多钟走的。"

翻译家、学者、诗人杨宪益先生，永远走了。他不再为去日之多而苦了。

二

结识杨先生是在二十多年前的20世纪80年代中期，记得还是作家张辛欣带我第一次走进他家。

杨先生住在百万庄外文局大院里。当时，他是英文刊物《中国文学》和"熊猫丛书"的主编，负责把中国现当代作家的作品翻译出版，这是当年新时期文学走向世界的唯一途径。于是，他和戴乃迭成了不少作家的朋友，一时间，众星拱月,热闹非凡,杨家就是一个文学沙龙,成了中国作家与外国客人交往的场合。喝不完的酒,抽不完的烟,聊不完的天……在经历过"文革"牢狱之灾,承受了爱子自焚的痛苦之后,历史转折时期的全新环境,"往来无白丁"的热闹非凡,尚能让这对夫妇,以酒浇愁,以酒忘忧,全身心投入到另一天地。

1988年年底,我所供职的《大地》副刊,请居住北京的七位前辈在新的一年里联袂开设一个随笔专栏,名曰"七味书谭",他们分别是:金克木、杨绛、黄苗子、杨宪益、冯亦代、董乐山、宗璞。(其中最年轻的宗璞老师,如今也已年过八旬了。)为开设这个栏目,曾请他们聚会,除杨绛和董乐山外,其他五位前来。虽然七人未到齐,但也属难得。我为他们五位拍摄了一张合影,杨先生笑眯眯坐在中间。

"七味书谭"于1989年年初开张,几个月过去,局势突变,七个人中,出国的出国,退隐的退隐,本可以热热闹闹精彩万分的专栏,也就偃旗息鼓,不了了之。随后,负责编辑这个栏目的钱宁兄也漂洋过海,存放"七味书谭"的卷宗留在了铁丝网文件筐里。"七味书谭"存稿没有再获刊发,放了一两年,有的退还给了作者,有的则不知去向,其中好像有杨先生的两篇文章。

进入90年代,杨家一下子清静了许多。退休,退隐,80年代的热闹已是过眼烟云。这时,与他相聚的大多是过去结识的老朋友。老朋友中间,他不算年龄最长的,但他好像格外受到大家的照顾甚至"宠爱",聚会时常就安排在他的住所附近,特别是在戴乃迭病重和去世之后。

戴乃迭去世之前,他们已从百万庄搬到了友谊宾馆,聚会经常安排在国家图书馆大院里的东坡酒家。戴乃迭去世后,他单独搬到尚在修建的西四环路旁边的一处新寓所。大家相约,驱车到他家里聚会。最近十年,他搬到了后海小金丝胡同的女儿家里。连续几年为他过生日,就他的方便,聚会一般都安排在什刹海周围的饭馆。如有聚会,他很乐意参加。天冷时节,裹着大衣,头用围巾包得严严实实,他坐在轮椅上,沿着小路被推到饭馆。

聚会时,他言谈并不多,总是笑眯眯地在一旁听,兴致一来,顺手拿来饭桌上的餐巾纸或口袋里的烟盒,在上面写上几句打油诗。大家传看一圈,或有人当场续上几句,或被哪一位放进了口袋带走。

有一年,为他过生日,正逢雪后,什刹海一片白茫茫。我去把他接出来,大家在什刹海东南角的一个客家饭馆里聚会。郁风老太太后来写了一篇《雪漫什刹海》,以诗意之笔描述了这一次聚会。她写道:"这地方并不豪华,却有前面、右面三扇像电影屏幕似的大玻璃窗，雪漫什刹海的全景尽在眼底。我坐在宪益左边面对大窗的位置，冰雪中游滑着的小人儿，比桌上的菜还要清楚地在我眼前飘动。我们每人面前是陶器小钵头盛满糯米酒香甜味的花雕，这不至于使杨宪益醉倒。有一次类似的聚会，他喝下一整瓶二锅头，又喝威士忌，又喝花雕，结果好玩极了，白发朱颜的瘦高老头被两人搀扶着向外走，左晃右晃像跳摇摆舞。……"

杨宪益九十大寿聚会上的七位八十五岁以上的老人。前排左起：丁聪、黄苗子、杨宪益、罗沛霖（杨敏如的丈夫）；后排左起：郁风、唐瑜、杨敏如。如今，只有杨敏如健在，已是九十九岁的老人，依然思路清晰，笔耕不辍，谈话声音洪亮。[①]

这一次生日之前，杨先生刚被检查出病，家人都建议他去住院治疗，但他拒绝了。他的确是一个奇迹，从小抽烟、喝酒的他，到了九十岁，居然还从来没有住过医院。这也是他在疾病面前常常若无其事的本钱。席间，他拿过一张餐巾纸，写上打油诗一首递给郁风："无病莫求医，无事莫写信，信多事必多，医来必有病。"

这样的聚会有好多次，但唯独这一次，才被郁风老太太的

[①] 北京师范大学文学院教授杨敏如先生2017年12月15日病逝于北京，享年102岁。——编者注

文章详细记录下来,留住了那一天的雪景,留住了杨先生被白雪映衬的豁达。

两年前郁风走了,今天,杨宪益也走了,两个有着同样豁达性情的老人,要在天堂相逢了。他们会不会谈到什刹海的一次又一次的聚会?会不会谈论起郁风为戴乃迭画的那幅有名的水彩肖像画?这幅画,杨宪益一直挂在房间。画上还有郁风写的一句话:"金头发变银白了,可金子的心是不会变的。"这句话,像诗。

三

人们常爱说杨先生散淡,潇洒,似乎超然于世外。他讲话,总有英国绅士似的舒缓,从容,从不疾言厉色;烟不离手、酒不离口、陶醉于微醺的习惯,让他获得"酒仙"美誉;他有个口头禅"无所谓"……这些自然容易给人留下他似乎对一切都持无所谓态度的印象。其实,并不尽然。他一直关注现实,他有鲜明的是非观,他有超出许多人的直觉判断。他思,他忧,他怒,他哀。有些事情,在他心中永远不可能化作无所谓的一丝轻烟——哪怕他用"无所谓"的方式来表述。

譬如,他对戴乃迭的痴情,就从来没有"无所谓"。

戴乃迭晚年曾写过一篇英文自传（可惜没继续写下去），其中谈到了她与杨宪益的爱情与婚姻。我在写《杨宪益与戴乃迭：一同走过》时，曾将之翻译引用于书中。这位在中国出生的英国传教士的女儿，美貌惊人，她与杨宪益在牛津大学相爱，但遭到母亲反对。"如果你嫁给一个中国人，肯定会后悔的。要是你有了孩子，他们会自杀的。"母亲这样严肃地警告她。但她还是选择了杨宪益，并随他回到抗战烽火中的中国，从此，她的命运、她的事业永远与杨宪益合为一体。只是她没有想到，母亲的警告成了谶言。"文革"期间他们夫妇遭遇牢狱之灾，儿子也因此而患精神病，后来自焚身亡。可是，晚年戴乃迭仍不后悔选择了杨宪益，她在文章中这样说："母亲的预言有的变成了悲惨现实。但我从不后悔嫁给了一个中国人，也不后悔在中国度过一生。"这是两个人半个多世纪的情缘。它是真正属于个人的相知相爱，早已超越了国界，没有了丝毫世俗的、物质的气味。

90年代后期，戴乃迭患老年痴呆。几年时间里，杨先生谢绝了许多聚会，一次也不到外地去。他说，他要好好陪乃迭。

这两天，我找出一封杨先生1997年写给我的信，唤起我的记忆。信中写道："我目前因老妻有病，整天坐着陪她。什么事也没做，除了家务事而外，也从未给朋友写信，也无法出门，电话倒是常打。但您的电话我也没有，有空欢迎来玩玩……"

我去了。他们住在友谊宾馆的一套公寓里，此时戴乃迭衰老得完全变了一个人，不能交谈，坐在轮椅上，呆呆地看着我们。杨先生与我谈话时，他总要常常转过身看一眼她，还站起来自己去喂她一口水，喝好，自己拿小手绢帮她擦擦嘴角。过去和后来，我从没有见过他这样乖巧和细心，哪怕对自己。

1999年11月中旬，戴乃迭因病去世。送去火化，连骨灰也没有留下。杨先生很难过，甚至说，他的生命也等于跟着走了。随后，他赋诗一首如下："早期比翼赴幽冥，不料中途失健翎。结发糟糠贫贱惯，陷身囹圄死生轻。青春作伴多成鬼，白首同归我负卿。天若有情天亦老，从来银汉隔双星。"一位朋友将这首诗书写后裱好送去，他挂在卧室里，与之整日相对。这首诗，一直挂到了今天。

戴乃迭去世后，亲友们都在想办法如何帮助杨先生散散心，尽快摆脱痛苦。当时，郑州有一个越秀学术讲座，由沈昌文先生与郑州越秀酒家合作创办。这个讲座一直由沈公主持，后来他忙，便邀我协助他，每个月请一两位文化界人士前去，讲座后，再陪主讲人到外地旅游。我与杨先生商量，请他去讲一次，讲什么都行，顺便去开封转转。他的女儿杨炽大姐也很赞成这个提议。开始我们担心他不愿意到外地去，没想到他迟疑后同意了。演讲题目定为"中国诗、外国诗与打油诗"。于是，12月10日，在戴乃迭去世不到一个月后，杨先生有了一次河南之行。这一年，他八十五岁。

在那次讲座上，大家见识到了杨先生的"酒仙"风度。午饭，他照例喝几两白酒，下午演讲时，问他喝什么，他说："随便。"我知道，他说的"随便"并不包括茶水——因为他很少喝水。我倒上一杯威士忌递给他。于是，前所未有的演讲场面出现了。他抿一口，讲一讲；又抿一口，再讲一讲。微醺中，随意朗诵几段诗句，那神态，那语调，让听者陶醉。我们早已不在意演讲内容是否系统，是否有条理，甚至是否有学术性。难得一见的文人形状与文化情景，已足以让我们快乐无比了。

第二天，我们去了开封，一起陪同的还有大象出版社负责编辑《寻根》杂志的周雁女士（可惜她后来英年早逝）。杨先生是第一次到开封，走进天波杨府，最让他好奇和兴奋。他说："这是我们杨家。"听得出他很为自己与杨老令公及一家英豪同姓而骄傲。整整一天，他一点儿不显疲倦，一直兴致勃勃。他甚至对我说："开封真好，我应该把北京的房子卖了，到这里买套房子，住在开封。"这话他说了又说。听起来，自然显得夸张,但也可见他还有换一个生活环境的想法。

这次河南之行,我与杨先生商量写写他与戴乃迭的故事,他很高兴。我住在他的隔壁,照顾方便,谈话也方便。几个下午,在不受任何干扰的情况下,我听他娓娓而谈。谈儿时家事,谈与戴乃迭的恋爱与婚姻,谈"文革"的牢狱之灾,谈翻译的体会与苦衷……这一次,我特地录了音。回到北京,将这次的谈话整理出来,起了这样一个标题《那些得意伤感悲哀的往事》。

其实,得意、伤感、悲哀,三个词汇远远不能概括杨先生一生的行程。他的外表与内心,有着强烈的反差,即便我们想努力认识他,理解他,恐怕也很难做到。何况,我们看到的只是在"文革"之后的杨宪益,他过去的性情如何,并不清楚。不过,有一点可以推定,儿子杨烨的不幸结局,应是对他们夫妇的最大打击,这也是他们人生态度的转折点。2001年我在《一同走过》中曾这样写道:

> 朋友们感觉到,从那时起他们仿佛有一种万念俱灰的感觉。酒喝得更多了,更频繁了,但他们两人感情也更加深厚,更加不可分离。自那之后,许许多多的身外之物他们看得更淡,人从此也过得更为洒脱。名利于他们,真正是尘土一般。收藏的诸多明清字画,全都无偿捐献给故宫

等地，书架上几乎找不到他们翻译出版的书，几十年间出版的百十种著作，他们自己手头也没有几种，更别说凑上半套一套。

看淡身外之物，绝非把人世间做人的原则、正义的评判淡忘。相反，从"文革"磨难中走出之后，杨宪益和戴乃迭对人间是非有了更加明确的态度……

的确，生活中有些东西在他们是不可能忘掉的：责任感、正义感、友谊。这些很容易在历史波动中被扭曲、被阉割的东西，在历尽磨难之后令他们更加珍爱。拥有它们，便会在历史关键时刻激发出难能可贵的勇气和魄力。可以说，无私才能无畏这句话，在他们身上得到很好的印证。在这方面，许许多多熟悉他们的朋友，都自叹不如。也正因为此，朋友们才从心底钦佩他们。

多年过去，我觉得这些文字仍能用来表达出我对杨宪益的认识与理解。

《一同走过》出版后，戴乃迭的姐姐几年前在九十岁高龄时将之翻译成英文，计划在英国出版，未果。后来，南京一家出版社曾想出，但又告知市场论证后被否决。这两年，每次见到杨先生，他总是问："怎么英文的书还没有出来？"我知道,他在意的不是宣扬自己,而是为了戴乃迭。他在想,应该有一个英文版本,让戴乃迭的故乡人能更多地了解她。

最终他没有看到英文版《一同走过》的出版。如今,这成了无法弥补的遗憾。

四

杨先生还享有另外一种幸福与快乐——两个妹妹的崇拜与关爱。两个妹妹都已高龄,大妹妹杨敏如生于1916年,今年已过九十三;小妹妹杨静如(杨苡)生于1919年,今年已过九十。她们对哥哥的情感,从儿时一直延续到今天。在这一点上,在我熟悉的前辈中,没有别人能有他这种幸运。

敏如老师毕业于燕京大学,是顾随先生的弟子,多年研究古典文学,尤其以对唐宋词研究精深而著称。杨苡老师毕业于西南联大,是著名翻译家,《呼啸山庄》是其代表作。两人在各自的专业领域都各有成就,但在她们心目中,哥哥才最了不起,哥哥永远是她们的偶像。只要谈起哥哥,她们马上显得非常激动,都是九十岁的老人,却还拥有一份可爱的纯真。

敏如老师惜墨如金,但偶有文章,却很精彩。戴乃迭去世后,杨敏如老师撰文怀念嫂嫂,在题为《替我的祖国说一句:"对不起,谢谢!"》文章中这样写道:"我的畏友,我的可敬可爱的嫂嫂,你离开这个喧嚣的世界安息了。你生前最常说的一句话是'谢谢',甚至'文革'中关在监狱,每餐接过窝头菜汤,你也从不忘说'谢谢'。现在,我要替我的祖国说一句:'对不起,谢谢!'"

我觉得,在所有悼念戴乃迭的文章中,这是最有震撼力的一句话!

敏如老师几乎把心思都放在哥哥身上,事无巨细,她都过问,即便啰唆、挑剔,也显得可爱。读到她写启功的长文,我打电话去,建议她多写写北京师范大学的同辈教授,可以写成一本书。她却说:"不,我要多写写我哥哥。"这几年,她一直在写哥哥的往事,真希望能早日读到它。

远在南京的杨苡老师,与姐姐一样,最关心的是哥哥。几年前,在家里摔倒腿部骨折,卧床多日。但她一再说:"我会好的,我还要到北京去,为哥哥过生日。"去年冬天,八十九岁的她真的在女儿的陪同下,来到北京,庆贺哥哥九十四岁生日。

两个月前,在南京见到杨苡老师,她说计划今年冬天再来北京,为哥哥过九十五岁生日。

杨苡老师来信不多,但凡有信,必然要提到哥哥。这几天,我找出十年来她写给我的信,又一次读到她对哥哥的崇拜、认识、理解。如今，在杨先生远去之际，再读这些文字，更加令人感动。她的信远胜过我的叙述，且摘录几段如下：

> 您在11月29号写给我的信早已收到，拜读长文（指拙文《一同走过》——李辉）后我十分感动！……我只是当时打电话告诉我哥你真应该再写长些。另外就是杨烨的自焚而亡这事发生在1977年或1978年的冬天，我始终不忍跟我哥谈到这件事，但也仅仅在1979年我受《中国文学》之命（是我哥推荐的）在上海我哥和我去看巴老时，在路上谈了几句，我们认为杨烨那时换了环境，可能已逐渐恢复正常的精神状态，而开始清醒地认识到他们这一代年轻人曾被如此愚弄过白白浪费了他们最好的青春时代……到那时他开始反思，才会默默地给自己浇上汽油！

> 而在他爸爸妈妈坐牢时，他却一边尽他作为大哥的责任，担负着供养小妹（妹妹即杨炽）在北大荒插队，一边默默地受着各种羞辱与嘲笑与诬蔑，四年来没人把他当个要求进步的青年大学生看待，没人理他，这才导致他的精神分裂，而对一切过去理想的"幻灭"却是在许多年之后开始的。

我哥就是这种散淡的性格,他如今更是淡然处世,我曾让他转达,因为你没有告诉我你家里电话,而白天上班时我如打长途也尽量少打,因为是全费,同时我是如我哥一样不大写信的。因此无论如何请原谅我没能及时回信,很没礼貌!我相信我哥也懒得转达我的感谢!

……

总之,非常非常抱歉!我原是很希望跟你能有一天聊聊我哥、乃迭、沈从文、巴金、黄裳,等等,我只会聊天……我能记得许多有关我哥的童年趣事,可我哥我姐全忘了(或不想回顾)。

2001年2月23日

谢谢你给我那么多的鼓励——从鼓励吃饭,到鼓励写,鼓励回忆这个那个……我的确老有不少腹稿。我最崇拜的人是我哥,虽然我也不是认为他非常完美,也不是他每件事都做得很聪明(他为了保护我,伤害过个别的人),但我这一生的确受他影响最大,我曾经希望你能写我哥,也只有你能写，可惜你没有早认识他，其实他很能"滔滔不绝"……比如说关于Sarah。我至今还保存一张她同我母亲姐姐和我的照片，本来有好几张，都没了，包括她自杀后的遗容。我还存有当年我写给她的挽诗。

……

在北京哥家，向他告别时，我很想哭，陈寅恪赠吴宓的诗句"暮年一见非容易，应作生离死别看"，是这么回事。他到明年1月就是整九十岁的了，而我现在算是八十五岁！我常想起我们的童年（我曾写过一诗，邵诗人把它在《诗刊》发表了，就是给我哥的），我和我姐姐是"姨太太"生的，而我们的"小少爷"明明和我们同父同母的哥哥却属于"娘"的管辖（我们称自己的母亲叫"姆妈"），受着一种特殊的优厚待遇！幸亏"娘"是个只热心于打麻将的扬州大小姐，那些年我哥还是跟我们在一起玩，虽然玩也不是太平等，都得听他的。

我想也就因此在1934年他去英国之后，我感到非常孤独，直到1938年遇见巴先生的三哥。也因为这个孤独无助的心情，才使我主动找巴金在信上倾诉。那时最向往的是自由！

在鼓楼医院病房最痛苦的时候，一次我女儿代我接通了我哥的电话，我对我哥说："哥，我想你！"然后大哭，我女儿赶快同我哥通话，你猜我哥对她说什么，他说："怎么你妈妈还不如我哩！"

这就是说，我哥一生中吞下了多少眼泪，他是非常内向的，我了解他！他和乃迭彼此都做了很了不起的牺牲，彼此包容、迁就，这在外人是不会看出来的。乃迭最后几年非常痛苦，我也是了解的，杨烨之死给了她致命的一击，这本来也可以多写写的。

忽然接到我姐姐电话，使我心神不安。我只能求助于你。昨天下午我姐怪我麻烦你，说太不好意思了，但又很高兴，因为她能在下午从我的电话就知道了我哥的病情暂时不严重（我立即打电话告诉她你见到我哥），她自己在昨天上午也在她的合同医院查出糖尿病、冠心病，她在电话中对我说："咱们三个人好日子是过去了，我不能不悲观！"

2004年4月10日

我的腰病又犯，咳嗽才好一点，我等着健康状况良好时去北京。今年再不去看我哥（了不起的杨宪益！），明年又不知怎样，一切未知。我们兄妹三人都已是"最后一站"了！

2005年11月15日

我一直是小病不断，快两个月了，也因此没有胆量去北京，虽然我想我哥，但早已不是小时候那种依恋了。我曾妄想哪天跟你畅谈我哥，不是那样完美的，"人无完人"！他有他的矛盾、弱点，以至个人英雄主义之类，他从小的逆反心理直到长大年老，他应该也不是没有regrets的！

2005年12月19日

五

举行杨先生遗体告别仪式的当天晚上，吉林卫视《回家》栏目，为寄托他们的哀思，特地重播了四年前拍摄的专题片《杨宪益戴乃迭：唯爱永恒》。

面对镜头,杨先生沉着而从容,慢条斯理不慌不忙地讲述自己与戴乃迭的故事。他的话语不多,但却言简意赅,富有含蕴。

节目结尾部分,采访者问:戴乃迭的骨灰是如何安排的,有墓地吗?

杨先生一边抽烟,一边慢慢说:"都扔了。"

"为什么不留着?"

他指指烟灰缸,反问:"留着干什么?还不是和这烟灰一样。"

这是片子的最后一句话。

一个烟灰缸的特写。然后,镜头移到杨先生脸上。他显得格外平静,又带着若有所思的神情。几丝烟雾,袅袅而上,在他眼前飘过。

听说,杨先生的骨灰最终保留了下来。其实,对于他,物质的留或不留,没有区别,也不重要。十年前,戴乃迭去世后杨先生曾赋诗一首,最后两句为:"天若有情天亦老,从来银汉隔双星。"现在,他早就迫不及待地赶去与戴乃迭汇合,两个灵魂将完全融为一体。从此,银汉不再隔双星。

写于2009年11月29日至12月2日,
北京。

目 录

一 论欧洲文学

003 / 希腊文学

028 / 荷马（Homeros）

041 / 萨福（Sappho）

043 / 阿里斯托芬和希腊喜剧

050 / 《维吉尔·牧歌》前记

057 / 古代罗马帝国的天才诗人奥维德

063 / 《罗兰之歌》译本序

074 / 英国诗人神游元上都

077 / 萧伯纳——资产阶级社会的解剖家

083 / 古苑新葩

——祝希腊获奖二诗人诗选中译本出版

二 论中国文学

089 / 《庄子》的原来篇目

093 / 《穆天子传》的作成时代及其作者

103 / 《高僧传》里的国王新衣故事

105 / 关于《白猿传》的故事

108 / 唐代新罗长人故事

110 / 明代记载中的罗马史诗传说

112 / 改头换面的外国民间故事

115 / 中国的扫灰娘故事

118 / 《酉阳杂俎》里的英雄降龙故事

120 / 板桥三娘子

127 / 薛平贵故事的来源

131 / 金花小娘

134 / 红梅旧曲喜新翻

——昆曲《李慧娘》观后感

141 / 《水浒传》古本的演变
153 / 《水浒传》故事的演变
160 / 《蒲松龄著作在国外》序
164 / 要出版红学丛书

167 / 《逸周书·周祝篇》《逸周书·太子晋篇》和《荀子·成相篇》
178 / 十四行诗,鲁拜体及唐诗
188 / 李白与〔菩萨蛮〕
199 / 论词的起源
204 / 李义山《锦瑟》诗试解
206 / 鲁迅的《自题小像》诗

一 论欧洲文学

希腊文学①

希腊文学有持续近三千年的悠久传统，在世界文学史上只有中国文学和印度文学可以与之相比。古代希腊文学不限于今天的希腊本土，分布范围包括小亚细亚、爱琴海群岛和意大利南部、西西里岛等地。在亚历山大里亚时期和东罗马帝国时期，分布的地域范围更广，遍及东罗马帝国所管辖的西亚和北非等地。现代希腊文学则只限在希腊本土范围内。从公元前八九世纪流传的《荷马史诗》开始，到公元4世纪的古希腊文学，是希腊文学最辉煌的时代，对古罗马文学和后日欧洲文学的发展起了重大影响。东罗马帝国时期的中古希腊文学虽也留

---

① 这篇《希腊文学》是杨宪益先生为《中国大百科全书·外国文学》卷所写的条目（后面的《荷马》《萨福》两篇也是），内容包括了近现代希腊文学。选自《中国大百科全书·外国文学》，中国大百科全书出版社，1982年，第1100—1106页。

下了不少宗教诗歌和历史著作,可是没有出现什么重要作家。近代希腊文学成就没有像古代希腊文学那样辉煌,它对欧洲文学的影响比不上西欧文学对它所起的影响,但也还出现了一些优秀的作家,尤其是在诗歌方面。

一 古希腊文学

古希腊文学在诗歌方面包括史诗、抒情诗、悲剧和喜剧,在散文方面包括历史著作、修辞学和演说、哲学著作、文艺批评、地方志、传记文学、小说、寓言等。这是因为古代的历史、哲学等著作都归在文学范围内,如果把柏拉图的对话集、亚里士多德的著作和希罗多德的历史等都排除在古希腊文学之外,就不能看到古希腊文学的全貌。

古希腊文学是从公元前八九世纪流传下来的《荷马史诗》开始的,但远在公元前2000年或更早,到公元前1000年初,地中海东部的爱琴海一带,包括克里特岛,就曾有过繁盛的早期奴隶制文化。近代考古发现,当时所用类似象形文字的古代文字与后来的希腊文字有密切关系,这个时期的文化没有保存下来什么文学资料,可是公元前八九世纪流传下来的两部《荷马史诗》,从一开始,就在创作手法和文字技巧方面达到相当成熟的阶段。这说明《荷马史诗》的原始材料是许多世纪里积累起来的口头神话传说和英雄故事,是在一个早期文化的基础上产生的,而两部史诗所以从公元前五六世纪起就被认为是史诗的楷模,则是经过好几个世纪的职业乐师不断加工改进的结果。在《荷马史诗》以前,也许还有过简陋得多的较原始的文学资料。如果将来考古发掘能找到这种文字记载,希腊文学的起源也许能再提早一两个世纪。

《荷马史诗》的《伊利昂纪》(又译《伊利亚特》)和《奥德修纪》(又称《奥德赛》)叙述古代小亚细亚的特洛伊人与希腊人(当时统称阿凯亚人)交战的故事。史诗《伊利昂纪》集中描写战争第十年中五十一天的事情。另一部史诗《奥德修纪》继续叙述这段故事,集中描写阿凯亚人的一位足智多谋的英雄奥德修斯,在攻下伊利昂城之后,乘船回乡,在海上经历了许多艰险,漂流了十年,最后才回到家乡同妻子团聚。在《荷马史诗》之前,古代希腊包括地中海东部到小亚细亚一带早已存在大量的原始神话和古代英雄传说,相传名为荷马的职业乐师只是选择了这段故事,创作出这两部史诗,被完整地保留下来;此外还有许多类似《荷马史诗》的口头文学,可惜都早已失传了。

古代曾有过不少类似或模仿《荷马史诗》的作品,大多是公元前六七世纪的诗人创作的,这些作品也都用爱奥尼亚方言和《荷马史诗》特有的格律——扬抑抑格六音步。这些史诗作品在公元前四五世纪还存在，但是后来就不再被人提起。今天只知道这些史诗的大致内容、篇名和一些残句，内容有关于希腊群神的谱系，新神与旧神的战争，关于忒拜城和奥狄浦斯的故事，关于攻打伊利昂城以前和以后的英雄传说，关于奥德修斯日后的遭遇和死亡等等。此外，今天保留下来的还有一些献给不同神祇的短篇颂歌，一般称为"荷马神颂"，大概是古代朗诵史诗的职业乐师所用的引子，最著名的有献给阿波罗、阿佛罗狄忒和得墨忒尔的几篇，都是很优美的歌词。

公元前8世纪末7世纪初，有一位原籍小亚细亚、后来移居到比较落后的以农业为主的比奥细亚地方的诗人赫西奥德（又译赫西俄德），他给我们留下两首长篇叙事诗《工作与时日》和《神谱》。他的叙事诗属于《荷马史诗》一类，因为用的是同样格律和方言，但内容与《荷马史诗》完全不同。在《工作与时日》里，赫西奥德用讽喻口吻描绘了当时农民一年到头地辛勤劳动，地方贵族阶层的残酷剥削，以及不同日子的吉凶等，叙述很朴素，没有《荷马史诗》描写过去英雄时代那种浪漫气氛。他的另一首叙事诗《神谱》叙述诸神的由来，企图把不同神话传说组成一个完整体系。从他的关于宇宙起源的传说可以看到小亚细亚东方的影响。

公元前6世纪前后,《荷马史诗》的传统已经衰落,在以爱琴海东部为中心的史诗传统与以雅典为中心的希腊悲剧和喜剧之间有一个抒情诗歌的兴盛时代。早期的希腊抒情诗歌只有很少被完整保留下来。由于中古欧洲教会对古典文学遗产曾大加摧残,一些最著名诗人的作品都被列为禁书烧掉,所以今天只能看到一些断章残句。虽然如此,古希腊抒情诗歌还是对后世欧洲诗歌产生过很大影响,许多欧洲诗歌的格律形式都继承了古希腊抒情诗歌的传统。早期的抒情诗歌一般是用来歌唱的,歌唱时往往伴有管弦乐器,可以分为笛歌和琴歌两大支。公元前7世纪前后,出现一种抒情诗体叫作"埃勒格体",这是一种每段由六音步诗行加上扬抑抑格的五音步诗行组成的双行体,用笛子伴奏。从内容看,用埃勒格体写成的有挽歌,也有战歌和情歌。后世一般把这种埃勒格体诗歌称作哀歌。但很可能埃勒格体是"笛歌"的意思。公元前7世纪初的提尔泰奥斯是著名的哀歌体诗人,相传他是雅典的一个跛足的教师,他前往斯巴达,写了一些战歌,帮助斯巴达人战胜他们的敌人。从他的残存的战歌中可以看出他的诗是质朴而有力的,这些诗歌帮助培养了斯巴达人勇武刚强的传统。公元前7世纪的哀歌体诗人还有阿尔基洛科斯,据说他还创作了一些新的格律,如抑扬格和四音步诗等。他的诗歌也是多种多样的,有歌颂战争的诗，也有表达个人情感的抒情诗和讽刺诗，可惜都没有保存下来。还有卡利诺斯、米姆奈尔摩斯和泰奥格尼斯也是这时代著名埃勒格体诗人。雅典政治家梭伦也是一位著名诗人，曾用哀歌体和抑扬格体写诗，号召雅典人保卫城邦，为他的政治改革服务。

与用笛子伴奏的歌曲同时或略晚，出现了用弦琴伴奏的歌曲。古希腊的琴是拿在手里弹奏的，有如中国古代的箜篌；开始只有两三根弦，逐渐发展到五弦或七弦。在公元前7世纪的斯巴达，著名的"琴歌"诗人有泰尔潘德罗斯，据说他来自爱琴海东边的累斯博斯岛，在音乐和格律方面也有不少新的创造。公元前6世纪初，靠近小亚细亚的累斯博斯岛一带有一种使用当地爱奥尼亚方言的诗歌，主要的诗人有阿尔凯奥斯和萨福，两人都属于氏族贵族阶层，反对当地"僭主"，不得不时常逃亡在外。阿尔凯奥斯的十卷诗歌里有颂歌，有关于战争和政治的诗歌，有关于爱情的歌，而最多的是饮酒歌。他的诗歌洋溢着一种乐观的战斗精神，也有一些热爱祖国家乡的思想。萨福是古希腊最著名的女诗人，她写了九卷诗，但传世的只有两首比较完整，其余只是些断章零简。她的诗感情真挚，语言朴素自然，具有非常感人的力量。阿尔凯奥斯和萨福都创造了他们独特的诗歌格律，被后世摹仿袭用。比他们较晚的一位重要抒情诗人是阿那克里翁，他来自靠近小亚细亚的提奥斯岛，在萨摩斯岛住了一些时候，最后到了雅典；他写了五卷诗，公元前3世纪的亚历山大里亚城有不少诗人摹仿他的作品，流传至今的都是别人摹仿他的饮酒歌和爱情歌的作品。

萨福以后，古希腊抒情诗歌的中心从东方转到雅典和西西里岛一带。公元前6世纪西西里岛的斯特西科罗斯也是一个重要的抒情诗人，他写了二十六卷诗，对古希腊抒情诗的发展有不少影响，但他的诗流传到今天的只有一些残句。他的诗大多以神话传说为题材，比较接近叙事诗。意大利南部还有著名的抒情诗人伊比科斯，据说他留下七卷诗，多半是爱情诗。

在保留了贵族统治的地区（主要是多里斯人居住的地区）或权力属于僭主的地区，庄重华美的合唱歌词和颂神诗得到发展。合唱歌的体裁较复杂，格律也较自由。最早的合唱歌诗人是阿尔克曼，他的合唱歌队曾于公元前7世纪末在斯巴达表演过，但他大概来自小亚细亚。公元前6世纪希俄斯岛的抒情诗人西摩尼得斯在雅典僭主希帕尔科斯统治时，被邀到雅典，后来又到帖撒利亚和西西里。他为希波战争中阵亡的希腊人所写的墓志铭举世传诵，他也写过不少颂歌。最重要的合唱歌诗人是品达罗斯，他生于忒拜的一个贵族家庭。他最著名的诗是他为体育竞赛中优胜者所写的颂歌，他的诗歌凝练庄重，很喜欢搬用典故，很少抒发个人情感。公元前7世纪至公元前5世纪，被公认为古希腊抒情诗的最兴盛时代。这时代最后一位著名诗人是巴克基利得斯，他是西摩尼得斯的侄子，他也写了不少歌颂优胜者的颂歌。后日亚历山大里亚城的学者们认为古希腊最重要的抒情诗人有九人，他们是：阿尔克曼、斯特西科罗斯、阿尔凯奥斯、萨福、西摩尼得斯、伊比科斯、阿那克里翁、品达罗斯、巴克基利得斯。

从抒发个人感情的短篇抒情发展到合唱歌词，再发展成为迎神赛会中的乐舞，这样就逐渐出现了古希腊的悲剧和喜剧，成为古希腊文学中最辉煌的成就之一。当然，公元前五六世纪间希腊戏剧的产生和发展主要是雅典民主制的政治社会因素所促成。自公元前534年左右起，悲剧成为雅典的春季迎神赛会的组成部分。据说悲剧就是由纪念酒神狄奥尼索斯的乐舞演变而来。相传累斯博斯岛的阿里翁是演唱这种乐舞的第一人，品达罗斯的老师拉索斯据说曾在雅典表演这种乐舞。另一位诗人泰斯庇斯首次用一个演员同合唱队对话，后来埃斯库罗斯又加上第二个演员，这样才真正发展成为戏剧。在埃斯库罗斯的悲剧中歌队占中心地位。按照当时赛会规定，每一个参加悲剧竞赛的诗人要演出三部悲剧和一部"羊人剧"，后者是用扮成半人半羊的歌队演出的插科打诨戏。埃斯库罗斯的三部曲，一般故事都是连贯的,他不重视戏剧结构和人物描写,主要是表现个人行为与天神意志之间的矛盾冲突。他的语言丰富华丽,有时过分夸张,以致晦涩难懂。

埃斯库罗斯以后的著名悲剧诗人是索福克勒斯。他不写故事连贯的三部曲,每个悲剧的故事都是独立的。他减少了歌队的重要性,又增加了第三个演员。他的悲剧题材也还是古代的神话和英雄传说,但是他所描写的英雄人物已带有公元前5世纪雅典民主政治的理想,天神的意志不再说明一切,人类的苦难也并非全是天神惩罚的结果。他的早期悲剧比较接近埃斯库罗斯的作品,后期作品如《奥狄浦斯王》(又译《俄狄浦斯王》)就更有人情味,更多注意个人感情矛盾和复杂心理。

欧里庇得斯是古希腊三大悲剧诗人最后一个,他虽比索福克勒斯只晚了十年,但他属于另一时代。他正当智者派哲学盛行时期,许多传统观念和价值受到怀疑,虽然他的悲剧仍以古代神话和英雄传说为题材,但已赋予了新的内容,主要兴趣转向当时的社会问题。在心理描写方面更合乎现代人口味,因此他的作品对后代文学的影响比他的两位前辈诗人更大。埃斯库罗斯和索福克勒斯每人只有七部悲剧完整地流传下来,欧里庇得斯则保留下来十七部悲剧。

希腊早期喜剧也起源于庆祝丰收的迎神赛会,开始只是俚俗的打诨，后来受到西西里岛民间拟剧的影响，才发展成为有故事情节的喜剧。早期西西里岛的喜剧作家有埃庇卡摩斯和索福龙，两人都没有留下什么作品。在雅典，喜剧参加竞赛比悲剧晚了半个世纪，我们所知最早一位著名喜剧诗人是克拉提诺斯，在他以后五十年出现了两位著名诗人欧波利斯和阿里斯托芬，只有阿里斯托芬的十一部喜剧被保存下来。阿里斯托芬的喜剧都是政治性质的戏谑，在他的作品中，当时当权派克勒翁、哲学家苏格拉底、悲剧诗人欧里庇得斯都遭到无情的嘲笑，他甚至讽刺雅典的民主制度和当时主战派的政策。由于伯罗奔尼撒战争，雅典民主制被削弱，嘲讽政治受到限制，因此在公元前4世纪初，以阿里斯托芬为代表的旧喜剧就逐步为古希腊中期喜剧所代替。从阿里斯托芬的后期喜剧中，已经可以看到这种转变的开始，古希腊中期喜剧作家有安提法奈斯和阿莱克西斯，他们的作品都没有被保留下来。这时期喜剧情节渐趋复杂化，有更多的现实社会描写。在形式方面，歌队被取消了，在内容方面，对社会的讽刺代替了政治讽刺。中期喜剧又过渡到后期的新喜剧，新喜剧的出现在公元前320年左右。新喜剧不用神话为题材，都是描写当时社会上各种典型人物的悲欢离合的世态剧。新喜剧的著名作家有狄菲洛斯、菲莱蒙和米南德等，以米南德最享盛名，据说米南德一共写过一百零五个喜剧，但是今天只保留下来两个比较完整的剧本《恨世者》《萨摩斯女子》和几个残缺的剧本。

古希腊后期的新喜剧曾被罗马的喜剧作家大量抄袭引用，许多罗马喜剧实际上是古希腊后期新喜剧的翻译或改写，今天在罗马喜剧里还可以大致看到古希腊后期新喜剧的面貌，它们也给后日欧洲喜剧提供了榜样。

在散文方面，公元前7世纪以后，用散文记录文件开始兴起。在早期散文著作中只有爱奥尼亚的赫卡泰奥斯留下一篇地理志的残篇，他还写过一篇关于古代神话传说和家族世系的历史。公元前五六世纪间的希罗多德，被公认为古希腊第一个重要的历史家，他曾游历过东方各地，收集了不少传说故事，后来他的著作发展成为一部记录希腊与波斯战争的历史。他的这部著作文字流畅、庄重，不但是重要的历史文献，也是重要的文学作品，可以与中国司马迁的《史记》相比。在希罗多德之后，最重要的历史家是修昔底德，他比希罗多德只晚了二十年左右，但他的历史却代表了另一时代。他是希腊历史学家中开始探索历史规律的第一人，注意各种政治因素，从而使历史成为科学。他是参加伯罗奔尼撒战争的雅典将军之一，得以深入了解当时的事件。他在书中常用历史人物的讲话反映双方当事人在重大时刻的思想活动。他的历史著作只写到公元前411年。在他以后的重要历史家是色诺芬,写了一部《希腊史》,继修昔底德叙述公元前411年以后的历史事件,写到公元前357年。色诺芬的历史著作不如修昔底德的那样谨严,但他对军事很内行。他的最著名的作品是一部《远征记》,叙述他参加波斯王子小居鲁士的希腊雇佣军,小居鲁士政变失败后,雇佣军的将领被杀,他本人带领这支队伍,历经艰险,从巴比伦附近转战千里,终于到达黑海南岸。这部书不但是真实的历史记录,也是很好的文学传记。他还写过几篇纪念他的老师苏格拉底的作品,一篇虚构历史以寄托个人理想的《居鲁士的教育》,一些有关狩猎和驯马的文章等。相传他有不少著作传世,这说明他在古代享有很高声誉。公元前4世纪间还有小亚细亚的希腊历史家埃福罗斯写过一部希腊通史,从远古的英雄传说写到他所处的时代。此外还有希俄斯岛的历史家泰奥彭波斯,也继承了色诺芬的传统,在叙述历史中掺杂一些道德说教,并注意修辞。

修辞学和演说也是古希腊文学的一个重要方面。民主制度的兴起使得用于政治讲演和法庭答辩上的演说和修辞成为一种重要学术。约在公元前5世纪中叶,西西里岛实行的民主制度产生了演说家科拉克斯和他的弟子提西阿斯与高尔吉亚斯。公元前四五世纪的智者派学者们都教授演说术。在雅典当时最重要的演说家是吕西阿斯，他的文字简洁明快，是公元前5世纪雅典散文的楷模。公元前4世纪前半叶，著名演说家还有伊塞奥斯和伊索克拉底，后者在雅典设立学院，训练出不少演说家。公元前4世纪最著名的雅典政治演说家是狄摩西尼，他的政治演说富于雄辩，充满感情。他做过不少演说来鼓动雅典人反抗马其顿的扩张。他还有一个著名的对手埃斯基涅斯，后者只留下三篇演说。在狄摩西尼和埃斯基涅斯之后，由于马其顿的统治窒息了雅典的民主制，演说术即告衰落。

公元前4世纪是哲学著作方面最辉煌的时期，这时的著名哲学家苏格拉底常用问答方式教授他的学生，因此出现了哲学对话这种形式。苏格拉底本人并不从事著述写作，他的学生曼诺斯和安提西尼等首先用对话形式写下苏格拉底的语录，但他最著名的学生是柏拉图。苏格拉底死后，柏拉图共写下四十篇对话，其中文艺性最强的是《斐德罗斯篇》（又译《斐德若篇》）、《会饮篇》等。他写了一篇纪念苏格拉底之死的文章，把这位哲学家被判处死刑时的情景加以理想化。他还写了《理想国》十卷和《法律篇》等。后来写的一些对话偏重于哲学推理。柏拉图最好的文艺对话有很多当时情景的描写，很像美妙的散文诗。他的"对话"是古希腊文学中伟大的散文著作。柏拉图的著名学生亚里士多德是另一位古希腊著名学者和哲学家，亚里士多德的著作非常丰富，遍及古代科学各个领域，但流传下来的只有哲学和自然科学的讲稿笔记，看不出多少他的散文风格。亚里士多德有关文学的著作流传至今的只有他的《诗学》和《修辞学》，在文艺复兴后对欧洲的文艺理论产生了很大影响。他的学术著作主要是通过他的继承人泰奥弗拉斯托斯被保存下来的，后者的著作大部散失，只留下两卷研究植物学的科学著作和三十篇《性格种种》。

二 亚历山大里亚和罗马帝国时代的希腊文学

公元前334年至323年间，马其顿的亚历山大大帝在统治全希腊后，又东征波斯、印度等地，从此整个地中海东部和西亚、中亚许多地方都处在希腊文化影响之下，希腊语变成这一广大地域的普通话。因此这一时期又称为希腊化时期。在埃及的亚历山大里亚城的希腊将军托勒密，在亚历山大死后，成为当地的主人；在这里集中了许多图书和学者，使亚历山大里亚城成为雅典以后的主要希腊文化中心。从公元前1世纪起，西方罗马的势力扩展到东方，但亚历山大里亚城仍然是希腊文化中心，一直到公元4世纪罗马帝国以基督教为国教，东罗马以君士坦丁堡（拜占庭）为政治文化中心之后，亚历山大里亚城才失去它的重要地位。

公元前3世纪，亚历山大里亚城最重要的诗人有忒奥克里托斯、卡利马科斯、阿波罗尼奥斯、阿拉托斯等。忒奥克里托斯原是西西里岛的叙拉古人，后来到了亚历山大里亚城，成为最重要的诗人之一。他写了不少牧歌，描绘日常生活情景和年轻牧人的爱恋，他的牧歌被当时诗人摩斯科斯和彼翁等摹仿，对罗马的维吉尔和以后欧洲这一体裁都有很大影响。卡利马科斯是一位渊博的学者和诗人，曾编过亚历山大里亚城所藏图书的全部目录。他的主要作品是一首哀歌体长篇叙事诗《起源》，叙述各种风俗礼仪的起源，共四卷，已失传。他传世的只有六首颂神歌、一些铭辞和一篇长达千行的叙事诗《赫卡勒》，以神话为题材。据说他当时的诗歌和学术著作共有八百卷之多。阿波罗尼奥斯是他的对手，也是一位学者和诗人，流传下来的有一部史诗《阿尔戈船英雄纪》四卷，对日后罗马史诗有不小的影响。阿拉托斯也是一位渊博的亚历山大里亚学者，他写过一部论天文星象的长诗，曾多次被译成拉丁文。公元前3世纪著名的铭辞诗人还有阿斯克莱庇阿得斯和莱奥尼达斯，都写了一些爱情短诗。那时还有一位较著名的诗人赫罗达斯，他写的八首拟剧描绘世俗生活场景，塑造的形象十分鲜明。

公元前80年左右，诗人墨勒阿格罗斯曾把古希腊的抒情短诗和铭辞编成集子，名为《诗苑掇华》，约包括五十个希腊抒情诗人的作品,从公元前7世纪的阿尔基洛科斯到他本人。此后还有其他一些选本,都已散失。公元10世纪,一位东罗马学者才又编出一部比较完全的选本,收入三千多首铭辞,分为十五卷,此后又增加了第十六卷,这是今天所能看到的古希腊铭辞短诗的总集。

在历史传记文学方面,这时期的重要历史家有波利比奥斯。他写的历史共四十卷,今天只留下五卷。比他较晚的历史学家有出生在小亚细亚的狄奥尼西奥斯,他也是修辞学家和文艺评论家,他的《古代罗马史》共二十卷,保留下来一半。还有阿庇安写了《罗马史》二十四卷。此外,阿里安诺斯提供了有关马其顿的亚历山大的重要史料。

这时期希腊历史学家对日后欧洲作家影响最大的是公元1世纪的普卢塔克,他写的《希腊罗马名人比较列传》大部分被保留下来,包含许多宝贵史料。他写作此书的目的是要用理想化的古人教育今人,所以也有不甚可靠之处。他还写过不少关于伦理道德方面的论述,总称为《道德论丛》。这时的历史学家还有西西里岛的狄奥多罗斯,他写了一部《历史文库》四十卷,内容庞杂,但也保存了不少珍贵的史料。

公元1世纪以后,出现了一个散文写作的复兴运动。生于小亚细亚的狄翁被称为"雄辩的演说家",是一个讲究古典散文风格的作家。这时期最重要的散文作家要算出生在叙利亚的卢奇安（又译琉善），他的作品多半是讽刺性散文，嘲笑过去的天神和当时的迷信风尚等。马克思和恩格斯都高度评价他的作品，称之为"古代的伏尔泰"。

2世纪至3世纪间，雅典人菲洛斯特拉托斯写了一些关于智者派学者的传记，还写了一部《提阿纳人阿波罗尼奥斯传》，后者是关于当时一个著名的方士的故事，内容荒诞不经，可作为传奇小说来读。还有出生在埃及的阿特纳奥斯，他写过一部《欢宴的智者》，共十五卷，内容涉及伦理、美学、科学、文艺等方面，是研究古代希腊社会风俗和文学的重要资料。

在文艺批评方面，公元1世纪左右，得墨特里奥斯著有《论风格》一篇。《论崇高》的作者相传是朗吉努斯，这篇作品分析了构成伟大文学作品的因素，认为一个伟大作家必须有崇高的思想境界和激情；这篇著作的作者表现出相当高的美学欣赏能力，对后来欧洲的文艺理论有过很大影响。

早在公元前四五世纪，寓言作家伊索的名字已经为人所共知。公元前3世纪曾编辑过一部《伊索寓言集》，已佚。公元1世纪至2世纪间，巴布里乌斯用抑扬格诗体写过一部《伊索寓言》。现存抄本还包括一些后来加入的散文寓言。在小说传奇方面，亚历山大里亚城的学者们创作了不少以亚历山大为题材的传奇小说，公元前1世纪的阿里斯提得斯写过一部《米利都传奇》，这些都已失传。传世的传奇小说有公元2世纪的卡里同、阿基琉斯·塔提奥斯和3世纪的朗戈斯、赫利奥多罗斯等人的作品，它们的题材都是讲一对恋人经历许多艰难险阻终得团圆这一类故事。朗戈斯的小说《达夫尼斯和赫洛亚》是其中抒情风格比较突出的一部。此外还有克里特人狄克提斯和弗里吉亚人达勒斯所写关于特洛伊战争的故事，希腊文原本已失传，但其拉丁文译本在中世纪欧洲还在流传。

公元2世纪，生于小亚细亚的著名史地学家鲍萨尼阿斯著有《希腊道里志》十卷，收集了古代不少传说和有关文物古迹的资料。亚历山大里亚城还有一位埃拉托斯泰涅斯写过有关天文地理方面不少著作，他也是一位诗人，但他的诗作已散失。基督教《新约》的一部分是用当时希腊普通话写的，对后世文学有不少影响。在哲学方面，这时期最后一位重要作家是普洛提诺斯，他把柏拉图和毕达哥拉斯的神秘主义思想推到新的高度，曾被称为古希腊最后的重要散文家。

三　东罗马帝国时代的希腊文学

从公元4世纪拜占庭（君士坦丁堡）成为东罗马帝国的首都时起，到公元15世纪君士坦丁堡被土耳其人攻陷，东罗马帝国宣告灭亡时为止，在这漫长的一千多年间，虽然在这一广大地区希腊文化还在继续，希腊语成为这一带居民的普通话，但是由于东罗马帝国的官僚政治和基督教会对思想的束缚，希腊文学始终得不到健康成长的机会。因此，这一时期虽然留下了大量著作，但没有出现多少重要的诗人和散文家。

公元5世纪，摹仿古代《荷马史诗》的创作曾一度复兴，这些后期史诗作品的出现仍以亚历山大里亚城为中心。出生于小亚细亚的斯弥尔纳的诗人昆图斯写了十四卷《续〈荷马史诗〉》，叙述特洛伊战争后期的故事。同时还有一位史诗诗人农诺斯，写了四十八卷《狄奥尼索斯纪》，叙述有关酒神狄奥尼索斯的后期神话传说，包括他远征印度的故事和他的无数爱情故事。此后在整个东罗马帝国时代，没有出现什么重要的诗人。公元6世纪有一个保罗·西伦提阿里奥斯，算是当时著名的基督教诗人。此外有不少用诗体写成的传奇故事和历史题材的长诗，其中最重要的一部长诗叫《狄根尼斯·阿克利塔斯》，意思是"双重国籍的边民"，内容是讲一个武艺高强的英雄，是东罗马公主和阿拉伯贵族所生的儿子；他经历许多惊险场面，成为边界地区的杀富济贫的著名侠盗；他建立了一座城堡，后来病死，人们给他举行了隆重的葬仪。这篇长诗大概是公元9世纪至10世纪间开始形成的，原是口头文学，有不同抄本。此外还有大量的宗教诗篇，但文学价值不大。

东罗马时代有不少历史学家和神学家，留下来不少著作，但大多没有什么文学价值，只能当作史料引用。公元6世纪有一位历史学家普罗科庇奥斯，他写了八卷查士丁尼皇帝时代的战争史和一篇宫廷秘史，被后世认为是波利比奥斯以后最重要的历史学家。公元8世纪后半叶有一位历史学家泰奥芬尼斯，他写的当时历史可以弥补东罗马历史上一段空白，文字也还通俗易读。公元11世纪至12世纪间的安娜·康内娜是东罗马皇帝阿莱克西奥斯的女儿，她写了八卷历史叙述她父亲在世时的事，提供了第一次十字军东征的较为可靠的资料。

除上述以外，只有10世纪后半叶的一部名为《隋达》的文学资料汇编值得一提。这部著作的编写人没有留下名字，它包含三万多个条目，提供了大量有关东罗马时代和更早时代文学家的生平和著作方面的宝贵资料，可以算是东罗马时代的学者对希腊文学史所做的一个重要的贡献。

四　现代希腊文学

古代希腊各地原有不同方言，到了亚历山大大帝统治时期和罗马帝国时期，这些不同的方言已经统一成为一种普通话；这种书写用的普通话，受雅典修辞学的影响，与现代口语还有些区别，成为官方语言或雅语。这种古典主义的雅语是现代希腊文学的一个传统。另一个传统则是在爱奥尼亚群岛和克里特岛兴起的俗语文学。

15世纪以后希腊本土被土耳其人占领时期，唯一的文学活动是民间歌谣，曾流传下来不少所谓"克列夫特"的歌谣，"克列夫特"是一种武装的流寇，指那些在边远山区不受土耳其统治者约束的游民。16世纪至17世纪，由于威尼斯人从土耳其人手中夺取了克里特岛，当地的希腊语文学一度复兴。17世纪中叶，科尔纳罗斯写了一首长诗《埃洛托克利托斯》，叙述一对年轻人的爱情故事。当时还有一些戏剧作品，多半受意大利和罗马喜剧的影响。1669年，土耳其人重新占领克里特岛，希腊语文学复兴运动又告中断。17世纪至18世纪间，希腊教会在君士坦丁堡的官吏曾在一些地方兴办希腊语学校，出版希腊文书籍，来推动人们学习希腊文化，提倡一种用希腊语的"法那里奥特"文学。"法那里奥特"即指隶属于希腊教会的官吏阶层，这种文学运动使得东罗马时代的希腊文学得以继续下去，也为独立运动做了准备工作。"法那里奥特"文学也受西欧文学，尤其是法国文学的影响。

18世纪希腊获得独立前，许多希腊学者和作家都侨居国外。流亡在巴黎的科拉伊斯（1748—1833）对复兴希腊文学做出了贡献,他印行了不少古希腊文学著作,并使当时雅语接近口语化。他以口语普通话为基础,但又要求语言的优美和规范化,强调修辞。

18世纪后半叶,著名的爱国主义诗人里加斯(1757—1798)在维也纳等地印行许多革命传单和革命歌曲,号召人民起义。他曾写信给拿破仑,请求帮助希腊人获得解放。他被奥地利当局逮捕,交给土耳其人,被秘密绞死。解放后雅典人为他竖立雕像,他的名字一直成为雅典人民的骄傲。

1828年希腊获得独立后,东部希腊教会的"法那里奥特"文学移到雅典,开始了雅典的浪漫主义文学运动。这一派主要的诗人是苏佐斯(1806—1868),他曾在巴黎求学,受法国浪漫主义文学的影响。他以写讽刺诗著名。这一派最后一个重要诗人是帕拉斯科斯(1838—1895),他们都用雅语写作,有强烈的民族主义倾向。

19世纪初,除了雅典的浪漫主义派,在爱奥尼亚一带还有另外一个流派,这一派的首创者和代表人是索洛莫斯(1798—1857)。他曾在意大利学习,也用意大利文写作,他用现代希腊文写作的诗歌充满爱国热情。在古典派与民间派斗争中,他选择了后者。他还介绍了一些西欧诗歌形式,丰富了现代希腊诗的表达能力。在这一派诗人中,重要的还有卡尔沃斯（1792—1869）和瓦劳里蒂斯（1824—1879），后者对新雅典派的大诗人帕拉马斯产生过不小影响。

1880年左右，一些年轻诗人感觉雅语文学和它的浪漫主义倾向因循守旧，缺乏生气，内容空洞，因此开创了新雅典派。他们也要求保存一些古典传统，但比较倾向俗语文学，面向现实生活。帕拉马斯（1859—1943）是这一派的领袖，他写了一些著名的哲理叙事长诗和某些美妙的抒情短诗，也写过短篇小说和诗剧。在帕拉马斯之后，大家公认这一派成就最大的诗人是西凯里阿诺斯（1884—1951），他写的《胜利之歌》在第二次世界大战期间曾秘密在敌人占领下传播。差不多与他同时的卡瓦菲斯（1863—1933），是没有受帕拉马斯影响的重要诗人。卡瓦菲斯出生在亚历山大里亚城，他用的语言既不同于雅语文学，又不同于新雅典派的语言，自成一格。在他的诗中，历史回忆和个人经历交织在一起，反映西方某些现代倾向。当时反对雅典浪漫主义派的诗人还有德罗西尼斯（1859—1951），他不属于帕拉马斯一派，但也站在俗语文学这一边，从民间文学中吸取营养。第一次世界大战以后出现的重要希腊诗人有悲观主义者卡里奥塔基斯（1896—1928）、获得诺贝尔文学奖金的象征派诗人塞菲里斯（1900—1971）、长篇史诗《奥德修续纪》的作者卡赞扎基斯（1883—1957）以及1979年获得诺贝尔文学奖金的超现实派诗人埃里蒂斯（1911—1996）等。当代希腊诗歌主要是抒情诗，但拉斯卡拉托斯（1811—1901）和苏里斯（1853—1919）的讽刺诗也值得一提。

在散文方面，在希腊获得独立后，首先出现了不少历史小说，都深受西欧文学的影响，此外还有一些回忆录。普叙哈里斯（1854—1929）于1888年出版了《我的旅行》，这本书唤起了国人对过去希腊文化的向往，普叙哈里斯于是成了俗语文学运动的领袖。19世纪80年代是一个转折点，开始了当代希腊散文创作的新时代。浪漫主义不再受欢迎，作家们不再写历史小说，转向反映现实的短篇小说和长篇小说，尤其是反映农村现实生活的小说。这时民俗学研究正在兴起，民间传说的搜集也有助于挖掘农村方面的题材。尼科劳斯·波利提斯（1852—1921）在民俗学和民间传说方面的研究，起了不少推动作用。此后就出现了一大批描绘农村和渔民生活的短篇小说，包括帕拉马斯的著名短篇小说《一个人的死》。卡尔卡维查斯也是重要的小说作家，著有长篇小说《乞丐》。诗人德罗西尼斯也写了一些以农村生活为题材的短篇小说。色诺普罗斯（1867—1951）写了好几部以城市生活为题材的长篇小说，他和一些作家还开展了新戏剧运动，他写的剧本多半受易卜生的影响。第一次世界大战以后，米里维利斯（1892—1969）写了不少战争回忆录和以战争为题材的长篇小说，还写了许多短篇小说。此外，还有不少著名的当代小说作家，如维内吉斯（1904—？）、科斯马斯·波利提斯（1888—？）、塞奥托卡斯（1905—1966）等，都写了一些为人称道的长篇小说和游记。著名诗人卡赞扎基斯也写过一些长篇小说，被译成多种文字。他还写了大量的散文游记。

一般西方学者认为当代希腊文学虽然不能与古希腊文学的卓越成就相比，但仍是当代欧洲文学中的一个值得注意的方面。在小说戏剧方面，虽然当代希腊作家的成就比不上19世纪和20世纪西欧重要作家，但也出现了不少优秀作品。

参考书目

K. Dieterich, *Geschichte der byzantinischen und neugriechischen Literatur*, 1909.

H. J. Rose, *A Handbook of Greek Literature*, 1950.

M. Hadas, *A History of Greek Literature*, 1950.

C. A. Trypanis, *Medieval and Modern Greek Poetry*, 1951.

A. Lesky, *Geschichte der griechischen Literatur*, 1957.

Fifty Years of Classical Scholarship, Oxford, 1968.

Linos Politis, *A History of Modern Greek Literature*, Oxford, 1973.

荷马（Homeros）①

相传为古代希腊两部著名史诗《伊利昂纪》和《奥德修纪》的作者。古代作家如公元前5世纪的希罗多德，较晚的修昔底德，公元前4世纪的柏拉图和亚里士多德等，都肯定这两部史诗是荷马的作品。除此之外，还有许多已遗失的古代史诗，也曾有人说是他的作品，但那些大概是后人的拟作。有一篇已经失传的讽刺诗和一篇现存的《蛙鼠之战》，据说也是荷马写的，但前者只有亚里士多德一个人的话作为根据，后者则已证明为公元前4世纪的一篇拟作。还有一些献给天神的颂歌，传说也出于荷马之手；实际上是古代吟诵史诗的职业乐师所用的引子，是较晚时代别的诗人写成的。

关于荷马的时代异说颇多。古代曾有一篇《荷马传》流传

---

① 选自《中国大百科全书·外国文学》，中国大百科全书出版社，1982年，第420—423页。

下来，那是纪元前后的人根据传说杜撰的，不能当作可靠的史料。最早关于荷马的记载，见于残存的公元前6世纪克塞诺芬尼的讽刺诗，但是根据希腊地方志家的萨尼阿斯的记载，在公元前7世纪初的诗人卡利诺斯的诗篇里已经有关于荷马的记载，所以荷马这个名字早在公元前七八世纪已经为人所共知。希腊历史家泰奥彭波斯说荷马生于公元前686年，这年代似乎晚了一点。另一个古代传说是荷马生于公元前1159年，就是说公元前12世纪中叶，这个说法似乎又太早了一点。古代可能有过这一位诗人，其年代大概在公元前10世纪到公元前八九世纪。现在西方学者根据史诗的语言和它的内容描写，一般认为他可能生在公元前八九世纪之间。

关于荷马的出生地，说法也不一致；有十几处地方，古代都说是他的出生地。有人说他是雅典一带的人，有人说是希腊北部，有人说是在希腊东部靠近小亚细亚一带；这些说法以东方说较为普遍，也较为可信。多数古代记载说他是希俄斯岛人，或生在小亚细亚的斯弥尔纳，这两处都在爱琴海东边。

关于荷马这个名字，西方学者们也有过不少考证：有人说这个字是"人质"的意思，就是说荷马大概本是俘虏出身，也有人说这个名字含有"组合在一起"的意思，就是说荷马这个名字是附会出来的，因为史诗原来是许多散篇传说组合而成。

实际上这些都是猜测。古代传说又说荷马是个盲乐师,这倒是颇为可能的。古代的职业乐师往往是盲人,荷马也许就是这样一位专业艺人。

荷马史诗《伊利昂纪》和《奥德修纪》,每部都长达万行以上,《伊利昂纪》共有一万五千六百九十三行,《奥德修纪》共有一万二千一百一十行,两部都分成二十四卷。这两部史诗开始时只是根据古代传说编的口头文学,靠着乐师的背诵流传下来的零散篇章,荷马如有其人,大概就是最后把这两部史诗初步定型的职业乐师。在公元前6世纪以前,这两部史诗还没有写下来的定本。根据罗马著名散文家西塞罗所说,公元前6世纪中叶在当时雅典执政者庇士特拉妥的领导下,学者们曾编订过荷马史诗;古代也有其他学者认为这是他的儿子希帕尔科斯执政时的事。而从公元前5世纪起,每逢雅典四年庆祝一次的重要节日,都有朗诵荷马史诗的文艺节目。从这制度实行之后,史诗的内容和形式应该是基本上固定下来了。只是当时朗诵史诗的艺人,或根据自己的"话本",或凭记忆,有时在文字上和行数上可能有些变动。在这种情况下,当时史诗的若干抄本在某些地方有些繁简不同是可以理解的。关于荷马究竟有无其人,两部史诗是否都是同一位诗人的作品,近两百年来一直是西方研究荷马的学者热烈争论的问题。有人认为两部史诗在内容描写上有些不同，好像不是同一时代的人的作品，也有人认为两部史诗文字风格上相同之处大于不同之处。现在多数西方学者认为这两部史诗是荷马的作品，荷马还是确有其人。当然，荷马也是根据口头流传的篇章整理而成的；如果没有长期的传说积累，荷马也创作不出这样两部伟大的古代史诗。

今天所能看到的《荷马史诗》的旧抄本，最早约在公元10世纪。两部史诗都保存了不少手抄本，但是内容都相同，它们所根据的都是公元前二三世纪间亚历山大里亚城的几位学者的校订本。史诗手抄本还有不少残缺不全的片段，其年代有的早到公元前1世纪，内容也是完全相同。这就是说，在公元前二三世纪间亚历山大里亚城几位学者校订之后，史诗已经有了最后定本，此后它的内容就没有任何改动了。那时最后校订荷马史诗的学者，最著名的有三人，一是泽诺多托斯（公元前285年左右），据说他对原诗的文字做过不少加工，内容上也凭自己的判断有所增减；现在两部史诗都分成二十四卷，就是泽诺多托斯编定的。这表明他对原诗的结构做过一些重大增删，原来这两部史诗的长短大概没有这样整齐。第二个校订荷马史诗的著名学者是阿里斯托芬（公元前195年左右），他校订史诗比较慎重，更尊重旧抄本，没有做很多主观的增删。第三个著名学者是阿里斯托芬的弟子阿里斯塔科斯（公元前160年左右），他也很尊重旧抄本，认为一切改动都要有所依据。这三位学者都是当时希腊学术中心亚历山大里亚城著名的图书馆的主管人，有机会看到很多藏书，有很好的条件来进行校订工作。由此可见，在他们那个时代，这两部史诗还存在繁简不同的抄本，文字上也有出入。现代西方学者曾辑录了古代著作里的荷马史诗引文，共有四百八十多行片段，都是公元前四五世纪的。这些引文有的与现在定本完全相同，有的大致相同，有的不见于今本。一般来说，不同的约占到一小半。古希腊许多作家，如希波克忒斯、埃斯库罗斯、品达罗斯、色诺芬、亚里士多德、阿里斯托芬和柏拉图都引用过荷马史诗，那些引文往往与今本不完全相同。如亚里士多德引了《奥德修纪》卷九的一段关于独目巨人的描写，文字与今本一样，但是他说那段是出自《伊利昂纪》卷十，是描写一只野猪的。还有他说在《奥德修纪》卷二十三奥德修斯对佩涅洛佩的一段话有六十行，但是从现在的本子看来，这段只有三十三行。这些变动和内容繁简不同，说明在公元前四五世纪通行的史诗抄本同今本还有不少差异。

《伊利昂纪》和《奥德修纪》的故事梗概大致如下：从前，在小亚细亚西部沿海有特洛伊人的一座王都名叫伊利昂，特洛伊人是东方许多部族的霸主。当时在希腊地方的强大部族总称为阿凯亚人,有时在史诗中也称为阿尔戈斯人或达那亚人;阿凯亚人以迈锡尼的王阿伽门农为首。伊利昂城的王子帕里斯乘船到希腊,受到斯巴达王墨涅拉奥斯的款待,但他把墨涅拉奥斯的美貌的妻子海伦骗走,带回伊利昂城。阿凯亚人非常气愤,便由墨涅拉奥斯的哥哥迈锡尼王阿伽门农倡议,召集各部族的首领,共同讨伐特洛伊人。他们调集一千多艘船只,渡过爱琴海去攻打伊利昂城,历时九年都没有把这座王都攻下来。到了第十年,阿伽门农和阿凯亚部族中最勇猛的首领阿基琉斯争夺一个在战争中掳获的女子,由于阿伽门农从阿基琉斯手里抢走了那个女俘,阿基琉斯愤而退出战斗。《伊利昂纪》的故事就以阿基琉斯的愤怒为开端,集中描写那第十年里的五十一天的事情。由于阿凯亚人失去最勇猛的将领,他们无法战胜特洛伊人,一直退到海岸边,抵挡不住伊利昂城主将赫克托尔(帕里斯的哥哥)的凌厉攻势。阿伽门农请求同阿基琉斯和解,请他参加战斗,但遭到拒绝。阿基琉斯的密友帕特罗克洛斯看到阿凯亚人将要全军覆灭,便借了阿基琉斯的盔甲去战斗,打退了特洛伊人的进攻,但自己却被赫克托尔所杀。阿基琉斯感到十分悲痛,决心出战,为亡友复仇。他终于杀死赫克托尔,并把赫克托尔的尸首带走。伊利昂的老王(赫克托尔的父亲）普里阿摩斯到阿基琉斯的营帐去赎取赫克托尔的尸首，暂时休战，为他举行盛大的葬礼。《伊利昂纪》这部围绕伊利昂城的战斗的史诗，便在这里结束。

《伊利昂纪》只写到赫克托尔的死为止，可是据《奥德修纪》和古代希腊的其他作品的描写，围绕伊利昂城的战争还继续打了很久。后来阿基琉斯被帕里斯用箭射死，阿凯亚人之中最勇猛的首领埃阿斯和最有智谋的首领奥德修斯争夺阿基琉斯的盔甲，奥德修斯用巧计战胜了勇力超过他的埃阿斯，使得后者气愤自杀。最后奥德修斯献计造了一只大木马，内藏伏兵，特洛伊人把木马拖进城，结果阿凯亚人里应外合，攻下了伊利昂城，结束了这场经历十年的战争。离开本国很久的阿凯亚首领们纷纷回国，奥德修斯也带着他的伙伴，乘船向他的故乡伊塔克出发。从这里就开始了以奥德修斯在海上的历险为中心的另一部史诗《奥德修纪》的故事。

奥德修斯回乡的旅程很不顺利，在海上又漂泊了十年。史诗采取中途倒叙的方法，先讲天神们在奥德修斯已经在海上漂游了十年之后，决定让他返回故乡伊塔克。这时奥德修斯在家中的儿子忒勒马科斯已经长大成人，出去打听他的长期失踪的父亲的消息。伊塔克的许多人都认为他十年不归，一定已经死去。当地的许多贵族都在追求他的妻子佩涅洛佩，佩涅洛佩百般设法拒绝他们，同时还在盼望他能生还。奥德修斯在这十年间经历了许多艰难险阻：独目巨人吃掉了他的同伴，神女喀尔刻把他的同伴用巫术变成猪，又要把他留在海岛上；他又到了环绕大地的瀛海边缘，看到许多过去的鬼魂；躲过女妖塞壬的迷惑人的歌声，逃过怪物卡律布狄斯和斯库拉，最后女神卡吕普索在留了奥德修斯好几年之后，同意让他回去。他到了菲埃克斯人的国土，向国王阿尔基诺斯重述了过去九年间的海上历险，阿尔基诺斯派船送他回故乡。那些追求他的妻子的求婚人还占据着他的王宫，大吃大喝。奥德修斯装作乞丐，进入王宫，设法同儿子一起杀死那一伙横暴的贵族，和妻子重新团聚。

古代关于攻打伊利昂的战争和奥德修斯等神话传说还有很多，散见于古代希腊作家的著作里。而这两部史诗只选了伊利昂城战争第十年中的五十一天，集中叙述了阿基琉斯的愤怒这一段，和奥德修斯在海上漂游了十年之后终于回到故乡这一段，这样处理显然是一位会讲故事的古代诗人精心设计的结果。从这方面来看，古代有一位名叫荷马的天才诗人的说法是比较可信的。

《荷马史诗》一方面是在民间的口头文学基础上形成的，它的原始材料是许多世纪里积累起来的神话传说和英雄故事，保存了远古文化的真实、自然的特色，同时表明在远古地中海东部早期这个古代文化中心，它的文学曾达到相当高度的繁荣。史诗开始用文字流传下来之后，又经过许多世纪的加工润色，才成为现在的定本。这种特殊优越条件是与古代爱琴海文明以及后日雅典和亚历山大里亚时代几百年间奴隶制文化的繁荣分不开的。它既是古老的民间流传的史诗，又是达到高度艺术水平的文学作品。

古代欧亚大陆曾有过不少重要文化中心，从公元前2500年或更早，到公元前1000年初，地中海东部的爱琴海一带曾有过一个繁盛的早期奴隶制文化。由于亚洲西部和埃及一带很早就有了繁盛的早期奴隶制文化，以爱琴海为中心的早期文化与古代西亚和埃及文化也有不少联系。关于史诗《伊利昂纪》所说阿凯亚人攻打伊利昂城的传说是有一些历史根据的。从过去一世纪间西方考古学家的发现看来，《荷马史诗》中许多描写并不完全是诗人的想象。在19世纪末，德国学者施里曼曾在小亚细亚西岸的希萨里克发掘一座古城的遗址，这个古城就是古代特洛伊人的都城伊利昂。它曾在公元前2000年到公元前1000年间至少被焚毁过九次，其中第七次被毁可能就是攻打伊利昂城战争的历史依据。有些学者曾提出一种比较可信的假设，即根据当时的航海条件和地理位置看来，这个地区控制了古代通向黑海的通商路径，而黑海又是古代西方通向东方的必经之地；为了获得东方的粮食和财富，地中海东部人民不惜一次又一次冒险渡海去攻下这个要塞。著名的寻找金羊毛的希腊神话，也反映了古代人在黑海一带航海的历史事实。

在希腊的迈锡尼地方，考古学家也曾发现古代巨大陵墓和巨石建筑的城址和石狮，陵墓里还发现死者所穿戴的华丽的服装和金银首饰，以及装在死者面上的黄金面具和精美的青铜兵器。这些发现证明有关古代迈锡尼的霸主阿伽门农的传说也是有历史根据的。20世纪初，英国学者伊文思又在克里特岛发现了重要的古代文化遗址，说明这里有较迈锡尼更早且更繁荣的文化。他发现了两座规模巨大的古代王宫，以及工场、库房、陵墓等，还有很多涂有精美图案的陶器、青铜雕刻和兵器，反映舞蹈和战争、狩猎等场面的彩色壁画，以及一种类似象形文字的古代文字。这里比迈锡尼更早的青铜器文化年代约在公元前3000年或2000年到公元前1000多年之间。到了公元前1450年左右，在克里特岛以北发生了强烈地震，以克里特为中心的文化，在遭受这次巨大的自然灾害后一蹶不振，很可能地震使得当地的强大舰队全部毁灭。此后爱琴海的海上霸权由克里特岛一带转移到迈锡尼等地。近年来，西方考古学家还在发掘克里特岛的古文化遗址，不断有新的发现。看来，克里特岛一带曾有过灿烂的古代文化，比希腊本土为早。这里的领袖曾是地中海东部的霸主。古代希腊传说也说克里特岛曾有一个强大的君主弥诺斯，他曾建造巨大的迷宫，并使雅典等地向他纳贡；另一著名的传说认为古代海上曾有一个强盛的国家，名叫阿特兰提斯，后来因违反天意，全部沉入海底。这大概也是指古代克里特岛一带遭受强烈地震的历史事实。继克里特文化之后的迈锡尼文化看来也曾成为地中海东部的霸主，但到公元前1150年左右，由于一些北方部族的南移和入侵，也开始衰亡。

在《荷马史诗》里，许多事物的描写同克里特—迈锡尼文化的实物相符，如《奥德修纪》里所说的墨涅拉奥斯的宫殿和菲埃克斯人的王阿尔基诺斯的宫殿，有各种青铜和金银装饰，美好的花园和葡萄园，宫里充满粮食、美酒和果实，随同酒宴还有各种竞技娱乐和舞蹈等，这些都可以说明《荷马史诗》的内容是以一些古代的历史传说为依据的。同时，有些描写又与克里特—迈锡尼时代的实物不同，例如从考古发现的壁画来看，古代克里特人都是短发，而且头发是黑色，而史诗里描写的阿凯亚人都是长发，而且头发是黄色，克里特人战斗时用的盾牌是长形，史诗里的盾牌却是圆形，克里特人穿的盔甲也与史诗所描写的不同。这些说明荷马是生在好几百年后的诗人，当时克里特—迈锡尼文化早已灭亡，所以当他描绘过去文化的繁荣景象时，也不免利用后日实际生活中的一些事物。他并不是当时生活的目击者。有些西方学者还曾考证史诗里许多英雄如阿基琉斯、赫克托尔等都是北方部族传说里的英雄，不一定与攻打伊利昂城的史实有关。

《荷马史诗》采用六音步诗行，不用尾韵，但节奏感很强。这种诗体显然是为朗诵或歌吟而创造出来的，在歌吟时，大概还弹着琴来加强其节奏效果。由于这种叙事长诗是由艺人说唱，因此常常重复不少惯用的词句，甚至整段重复，一字不改。有时有些形容词的重复使用，只是为了音节上的需要，并不一定对本文意思有多少加强。而许多重复词句的一再出现，像交响乐里一再出现的旋律，又能给人一种更深的美的感受。这大概是由于古代的某些艺术手法虽然比较简陋，但有经验的说故事的诗人运用技巧非常纯熟，所以才能产生这种成功的效果。使用比喻来加强气氛，使得人物形象更加鲜明，也是《荷马史诗》里一个突出的艺术手法。此外《荷马史诗》还善于用简洁的手法描写，用寥寥数语，表达出很深的感情。

《荷马史诗》的内容非常丰富，无论从艺术技巧或者从历史、地理、考古学和民俗学方面都有许多值得探讨的东西。它在西方古典文学中一直享有最高的地位。从公元前七八世纪起，就已经有许多希腊诗人摹仿它，公认它是文学的楷模。两千多年来，西方人一直认为它是古代最伟大的史诗。马克思也给予了极高的评价，说它具有"永久的魅力"，是"一种规范和高不可及的范本"。中国解放前只有傅东华从英文转译的《奥德修纪》的译本，名《奥德赛》；最近有杨宪益译的《奥德修纪》散文译本（1979年）。《伊利昂纪》解放后出过傅东华的译本，名《伊利亚特》。

参考书目

F. A. Wolff, *Prolegomena ad Homerum*, 1876.

U. von Wilamowitz-Moellendorff, *Die Ilias und Homer*, 1916.

M. Nilsson, *Homer and Mycenae*, 1933.

T. B. L. Webster, *From Mycenae to Homer*, 1958.

D. L. Page, *History and the Homeric Iliad*, 1959.

A. J. B. Wace and F. H. Stubbings, *A Companion to Homer*, 1962.

G. S. Kirk, *Homer and the Epic*, 1965.

萨福(Sappho)[①]

古希腊女诗人。有人曾把她同荷马相比,说男诗人中有荷马,女诗人中有萨福;还有人称她为第十位诗歌女神(在古希腊神话中,司文艺的女神共有九位)。她共留下九卷诗,可是由于中古基督教会认为这些抒发个人情感的诗歌有伤风化,被当作禁书毁掉,所以今天只有些残章断简被保存下来。她的抒情诗在古代对较晚的诗人如罗马的卡图卢斯颇有影响。在公元1世纪中相传为朗吉努斯所写的重要的文学批评著作《论崇高》,曾引用了萨福的一首诗,认为它是一个楷模。在近代欧洲,不少诗人曾袭用她用过的一种诗歌体裁,称之为"萨福体"。英国诗人拜伦在他的长诗《唐璜》中,曾咏叹希腊光荣的历史,一开始就提到"如火焰一般炽热的萨福";我国诗人

[①] 选自《中国大百科全书·外国文学》,中国大百科全书出版社,1982年,第876页。

苏曼殊曾把这部分译成中文，译诗的头两句是"巍巍希腊岛，生长奢浮好"，句中的"奢浮"就是萨福的异译。

关于这位古代女诗人的生平，过去有许多传说。她出身于累斯博斯岛的贵族阶层，她的父亲斯卡曼德罗尼摩斯在这个岛同雅典发生的一次战争中牺牲。萨福生在公元前612年左右。她幼年时，由于当地僭主的迫害，曾逃亡到西西里岛一段时间。她生过一个女儿，名叫克勒斯。她的兄弟卡拉克索斯爱上一个名叫多里卡或罗多庇斯的女伎，曾花费许多钱为她赎身，遭到萨福的谴责。关于她本人生活方面有不少风流故事，据说她是一群少女的领袖，搞同性恋爱；又传说诗人阿尔凯奥斯曾向她表示爱慕之情，被她拒绝，又传说她爱上一个年轻男子法翁，失恋后在海边跳崖自杀。这些大概都是后人附会出来的故事，不一定有什么事实根据。

她的诗歌真挚感人，语言自然朴素，用当地口语。她又善用各种诗歌体裁。她的诗被按照不同格律编成各卷，虽然今天只留下断章残句，但还可看出她是古代一个有高度诗歌技巧的重要诗人。

阿里斯托芬和希腊喜剧[①]

一切戏剧都起源于民间歌舞，古代希腊也是如此。古代农民庆祝一年的收成，到了冬天都要喝酒歌舞热闹一下；第二年春天又要歌舞祈求天神的保佑，希望得到丰收。公元前四五世纪的雅典城每年有两次戏剧节，一次演喜剧是在1月底，约当我们的伏腊或元旦；一次演悲剧是在3月底，约当我们的3月上巳（在我国古代，伏腊与上巳也是一年中最重要的节日）。这两个节日都叫作"酒神节"，前者是小节，后者是大节；这两个节日显然与古代希腊人的农业劳动有密切联系。每年酒神节举行戏剧汇演时，作家可申请参加，有国家供给歌队和演员排演，演戏的费用由富有的公民负担，并评比剧本发奖。每一个节日都要热闹几天，每次都要上演十几个剧本。戏剧上演是在

---

① 原载《新观察》1954年第14期。

很大的露天剧场里，雅典的戏剧场可坐三万人，池座前排照例是留给政府首长和外宾的。雅典人看戏也很便宜。票价一律是两个小银角子（叫作"奥波尔"），约合我们的五百元人民币。在公元前四世纪时，由于贫富差别日益增大，许多公民看不起戏，政府就代他们出钱买票。在古代雅典的自由公民不过七八万人，妇女又是照例不看喜剧的，享有政治权利的成年男子只有两万多人，剧场座位足够，买不买戏票又无所谓，所以雅典的男公民是没有不看戏的。演员也总是男人，戴上木制或布制的面具，穿起花花绿绿的衣服，戏剧角色常常有假的大肚子或其他古怪打扮。

古代雅典戏剧的高度发展是和它的奴隶民主制度分不开的。一方面，由于它是奴隶社会，公民不过七八万人，而奴隶则有三十几万，约当自由公民的四倍；这就使自由公民摆脱了生产劳动，把全部时间都放在享乐、社会及文化活动方面；每天除了逛市场进行交易，就是理发洗澡，或吃酒谈天，在节日则大部分时间都在看戏。在这样的悠闲的生活里，当然有许多时间从事社会及文化活动，从事对于戏剧的理论研究。另一方面，由于它的民主政体，公民都有政治权利，可以选举或罢免他们的领袖，节日的盛会也就是公民开展政治活动的机会；而雅典的民主又是奴隶制的民主，富有而有声望的奴隶主、职业政治家们实际上掌握国家大权,他们可在公开集会中以其煽动言辞取得公民们对他们的信任。他们很情愿奖励戏剧会演,拿出钱来排戏,或请没有钱的公民看戏,以增加他们的声望,使他们在选举中多得几票;因此戏剧就有了几万自由公民作为经常观众和批评者,又有了政治上和经济上的奖励和支持。可以说,在过去阶级社会里,没有任何国家的戏剧是具备像古代雅典那样优越的条件的;这就是古代雅典戏剧得到惊人发展的原因。一方面,古代雅典的社会条件促进了戏剧的高度发展;反过来,戏剧又启发了民众思想,教人考虑许多问题,从而提高了文化水平,使建立在广泛群众基础上的雅典文化内容更丰富,更有多样性和深刻性。作为雅典社会前进的上层建筑,希腊戏剧是对西方文化做了巨大贡献的。

我们可以看到在古代其他文化中心,虽然也有和古代雅典相类似的经济基础,但缺乏雅典的民主政体,戏剧就没有同样高度的发展。比如说,我国古代也有过初期的喜剧,阿里斯托芬的时代(公元前445年到公元前385年)也正是我们的韩、赵、魏三家分晋到田和并齐的动荡不安的战国时代;我们可以说当时战国的经济基础和当时的雅典社会是颇为相近的。战国时代的俳优也就是初期的喜剧,当时楚国的优孟,秦国的优旃,晋国的优施等都可算是初期喜剧作家(古代的戏剧作家都是参加表演的)。但战国的俳优显然没有那样好的社会条件,未能发展为成熟的喜剧。我们再看古代希腊另一个经济文化中心,当时与雅典争霸的斯巴达,在那里喜剧也没有得到发展,原因也是这样。

斯巴达和雅典不同,它是贵族奴隶主经济基础的社会;雅典的工商业奴隶主经济和民主政治与斯巴达的贵族奴隶主经济和贵族政治在发展中存在着不可调和的矛盾。阿里斯托芬的时代是著名的伯罗奔尼撒战争时期,这也就是雅典与斯巴达的争霸战争。战争经过长期复杂的变化过程,在战争期间,雅典内部的阶级斗争日趋尖锐化,已被打倒的贵族残余利用战时人们的不满情绪和社会动荡,企图夺取政权;这些党派斗争大大削弱了雅典的力量。最后,数万奴隶的逃亡又给了雅典沉重的打击;在经济遭遇彻底破坏,阶级矛盾尖锐化和军事财政崩溃的情况下,雅典终于失败,繁荣的发展受到阻碍,战后希腊进入一个衰落时期。现存的十一个阿里斯托芬的剧本中,前九个都是在战争期间上演的,除了讥讽当时一些人物外,这些剧本大半都反映了人民反对战争的意志和对和平的强烈要求;最后两个剧本是战后上演的,它们反映了战后雅典的悲惨情况并尖锐地提出了当时的社会问题。

阿里斯托芬剧作中最富有幻想的一个剧本,是公元前414年上演的《鸟》。这个剧本除了一些暗示而外,政治倾向虽不太明显,但它显然反映了当时社会的动荡不安;它是欧洲文学上乌托邦最早的一个范例。《鸟》的剧情是这样的：两个老头子，一个叫欧尔庇得斯，一个叫珀斯忒泰洛斯，在雅典都住厌了，想找一个另外的安身之地。他们在鸟市上买了一只喜鹊、一只乌鸦，希望这两只鸟能带他们去找一个神话里的忒柔斯。这个忒柔斯原来是某地的国王，与妻妹通奸，结果他和妻子、妻妹三人都变成了鸟，他变成了一只头上有三簇毛的怪鸟，名为戴胜，他的妻子变成夜莺，妻妹变成燕子。这两个老头子就去找忒柔斯变成的戴胜，希望鸟类能告诉他们何处有安宁的乐土。戴胜建议一些城市，他们都不喜欢。后来珀斯忒泰洛斯忽然想出一个主意，要在空中建一个鸟类的国家，戴胜于是找群鸟来商议，这就是第一段"开场"的内容。

群鸟（即歌队）进场后，他们听说两个凡人要在鸟群中住下，就很生气，因为人们常常迫害鸟类，他们就要攻击这两个人。但珀斯忒泰洛斯说服了他们，告诉他们如果建立了一个空中国家，不使人类的献祭牺牲到达天神那里，他们就可以使天神屈服，夺取他们的统治权。群鸟赞成了这个建议，并为了新城的奠基礼，举行献祭。这时人类听说建立了这个新城，许多要占便宜的人就纷纷赶来。首先来了一个穷诗人，讨去一些衣服；又来了一个算命先生，一个阴阳先生，一个地方官，一个报贩子，这些想要占便宜的人都挨了一顿打，跑开了。后来有报信的告诉珀斯忒泰洛斯城墙建好了，正在高兴的时候，忽然有个天上的女神飞来警告他们，女神被开了一次玩笑，狼狈而逃。要求过鸟的安宁生活的人继续来此；在这里作者同前面一样又讽刺了当时雅典社会上一些典型人物，如要杀死父亲好去承继遗产的儿子，轻飘飘的舞师，靠打官司吃饭的讼师等，当然鸟国都不接受这些人物。

最后天神们也来了。首先来的是偷火的巨人普罗米修斯，他是反对天神的，因他自己曾遭受过刑罚；他告诉珀斯忒泰洛斯如何夺取神的统治权。接着是天神的代表们来了，谈判结果，天神完全屈服，把统治权让给鸟类；在歌队的退场歌中全剧结束。这剧情也许让人觉得有些想入非非，但通过剧中一些典型人物的讽刺，它真实地反映了当时雅典社会的形形色色，和当时人民厌恶战争要求过安宁生活的和平愿望。

在形式上看来，希腊戏剧虽不分为几幕几场，并没有幕起、幕落或更换布景，但它的结构还是有个固定形式的。歌队入场前必先有一段"开场"或"致语"，然后是"歌队进场"，然后是正文，分为若干段，每段与下一段间都有"插曲"，最后是"退场"。开场的致语是为了便于介绍剧情。从歌队的进场和退场可以看出喜剧起源于歌舞，许多方面是与我们宋代的戏曲演变很相像的。正文分为若干段，每段中间有插曲，插曲开始时，歌队到前面且歌且舞，便于后面的角色移动，换景，实际上这就相当于后日戏剧的一场或一幕。

阿里斯托芬喜剧里一些很好的东西并不是他独创的，古代喜剧里就有讽刺当时坏人坏事和对当时一切危害社会的现象进行无情攻击的健康传统。这在我国的古代戏剧里，从战国、秦、汉的俳优，到唐宋的杂戏，也都是这样，直到近代京剧和地方戏里小丑的打诨也还部分保留着这个讽刺时事的传统。这种喜剧里的自由讽刺在古代希腊叫作"巴雷西亚"。另一方面，我们今天看阿里斯托芬的喜剧又会感觉里面一些关于性行为的粗亵笑话有点刺目，这也是古代希腊喜剧的特点；希腊妇女是不看喜剧的，喜剧只是成年男性公民的娱乐。

当时与阿里斯托芬齐名的其他喜剧作家，如克拉亭诺斯和攸波力斯，他们的作品未被保留下来，阿里斯托芬的十一种喜剧被保存下来还是由于亚历山大里亚派学者们把它当作文法范例来研究的缘故。虽然其他希腊喜剧没有被保留下来，但阿里斯托芬是古代喜剧作家中最卓越的一位也是无可置疑的，他的作品单独被保存下来也就说明了这一点。从阿里斯托芬的十一篇喜剧，我们看到了古代希腊喜剧的人民性和现实性，它们的"爱憎分明"，无情地攻击坏人坏事和一切危害社会的现象的严正态度，这正是我们今天所要学习的东西。

《维吉尔·牧歌》前记

维吉尔①是古代罗马最伟大的诗人之一,他的时代是罗马文学的黄金时代,他的作品——《牧歌》十首,《田园诗》②四卷和史诗《伊尼特》③十二卷对后世欧洲各民族文学有极大影响,成为欧洲文化宝库的一部分。这里要介绍的《牧歌》十

---

① 维吉尔的全名是蒲布里乌斯·维吉尔乌斯·马洛(Publius Vergilius Maro)。古代罗马人的姓名往往分三部分,像在这里,第一部分"蒲布里乌斯"是名,第二部分"维吉尔乌斯"是姓,第三部分"马洛"说明这姓的支系;整个姓名里以第二部分即姓为最重要,因此一般通称只用这一部分;还有罗马人名字一般译成中文都很长,需要五六个字或更多的字来代表整个的音,记起来很不容易,但一名的末尾,如这里的"ius",是不太重要的;近代欧洲文学里介绍这些古代作家也往往将这些名字简化一些;我们过去的惯例也是如此,如"亚里士多德"一名全译应为"亚里士多德里斯","荷马"一名全译应为"荷马洛斯"等等,都简化了。因此这里也根据过去惯例,将"维吉尔乌斯"简称"维吉尔"。
② "田园诗"为杨宪益惯译,现通译为"农事诗"。
③ "伊尼特"为杨宪益惯译,他又曾译作"埃尼阿记",现通译为"埃涅阿斯纪"。

首是诗人早期最重要的作品,两千年来这些清新的诗章一直为广大人民所爱好,并且是欧洲诗人们摹拟的对象。古代罗马文化比希腊文化较少独立性,它是在希腊文化的影响下发展起来的,因此在罗马文学里我们常常可以看到摹拟的痕迹,但同时它也有着它本身的特色。在维吉尔的《牧歌》十首里,我们可以明显地看出,它虽然有一部分在摹拟古希腊的牧歌,但又具有罗马文学的独特风格,因而成为当时罗马文学中的楷模。

维吉尔约生于公元前70年,死于公元前19年,活了五十一岁。他的时代正是建立在奴隶制基础上的罗马共和国开始变为专制帝国的时代。由于奴隶制的发展,社会矛盾是更深刻化了。维吉尔生前一年(公元前71年)正是古代西方历史上最伟大的一次奴隶暴动——斯巴达克斯起义,被奴隶主的军事力量残酷地镇压下去,六千名被俘奴隶沿着加普亚到罗马的公路上被钉在十字架上的那一年。为革命所震骇的有产阶级抛弃了共和国,欢迎军事独裁。政权落到拥有军队的将军们手里,这样就开始了"三雄政治"的时代(公元前60年)。经过十多年的政治和军事斗争后,恺撒击败了他的政敌,成为罗马的主宰。在公元前44年恺撒被刺,军事独裁新的觊觎者出现,又开始了后三雄政治。又经过十多年,恺撒的养子屋大维终于战败他的对手,建立了个人政权(公元前30年)。有产阶级欢迎屋大维的独裁，给他以"奥古斯都"的神圣称号，给他建立祭坛，把他当作天神一样供奉，临时的军事独裁的国家变成了帝国。由于奴隶主力量的团结，屋大维的元首统治暂时解决了共和国末叶所酝酿的危机，这对于文化的高涨是有利的。这时代就成为罗马文学的黄金时代，而维吉尔也就是这时期最重要的诗人。

维吉尔的家庭出身是农村小土地所有者，他生于北意大利的一个小城曼徒阿（Mantua）附近的安迭斯（Andes）村，父亲是种田和养蜂为生的农户。幼时在农村的生活使他亲身体验到当时农村破产和兵荒马乱中人民的痛苦，也培养了诗人对于农村自然景色的爱好。同时，他曾受到良好教育，曾在克瑞蒙纳城（Cremona）和米兰城读书，十七岁时又去罗马完成他的学业。他最初学政治，但因天性害羞，不善讲话，改学哲学。在他诗里我们还可看出伊壁鸠鲁学派的影响。后来开始写诗，今天我们除《牧歌》十首、《田园诗》四卷和史诗十二卷外，还有一些相传为维吉尔所作的短诗，这些大部分可能是他早期作品。这《牧歌》十首大概也不是在同一时间内完成，而是在他二十多岁时陆陆续续写出来的。在他三十一岁时，朋友们鼓励他发表这些牧歌作为一集（公元前39年）。《牧歌》一出，大受欢迎，从此维吉尔就被公认为当代最有希望的诗人。他天性很谦虚，对自己作品要求异常严格，作品改了又改，不肯轻易拿出来发表。他的次一重要作品,《田园诗》四卷,是经过七年的推敲改写,才作为定稿拿出来的。他最重要的作品,史诗《伊尼特》十二卷,一直到他五十一岁将死时还只完成了初稿,还不是定稿。据说他遗命叫把这部史诗烧掉,幸而屋大维非常重视这部史诗,他的朋友们也没有照他意思去做,《伊尼特》才得保留下来。由于维吉尔的诗在罗马帝国后期到欧洲中古时期一千多年间一直是诗人们著作的楷模,后世曾附会流传下不少关于他的逸闻。这些故事有些可能不无依据,但有些可能就是向壁虚构。在今天,这些传说的真伪已不易辨别,我们也不必要去钻牛角尖,考证它们的真伪。举例来说,据说诗人的好友伽鲁斯——就是《牧歌》第十首里所提到的——有一爱姬,即同一诗里提到的吕柯梨丝,她曾在戏院朗诵维吉尔的《牧歌》,获得热烈的称赞。故事又说,当代著名文人西塞罗听了她朗诵《牧歌》后,对这新发现的年轻诗人非常注意,并且说维吉尔将成为当代第二诗人(意思是说他自己是当代第一诗人)。这些传说有无事实依据是很难说的,不过他为当时文人所推重,大概也是事实。

维吉尔的早年大概是饱经忧患的,《牧歌》第一首和第九首里假借两个牧人的对话说出当时人民土地被兵士夺去的痛苦,这很可能是诗人自身的经历。根据传说,维吉尔家乡的土地也被夺去分给屋大维的雇佣兵,后来诗人到罗马请求,由于屋大维的一些亲信官吏的帮忙,土地才被保存下来。《牧歌》第四首里提到的当时执政官波利奥和第六首里提到的瓦鲁斯,据说就都与诗人失地复得事有关,因此诗人在诗里对他俩表示了他的感谢。这些传说和猜测,看来不是没有一些根据的,但具体情形究竟怎样,今天已不可确知了。自从《牧歌》发表引起了屋大维及罗马统治阶级的普遍注意后,诗人开始受着屋大维和他的亲信们的庇护,此后就一直过着平静和尊荣的生活。屋大维本人和他的亲信们不遗余力地爱护那些在作品中支持新政权的作家,把大部分有才能的诗人都吸引到自己这方面来,在这一点上他们是做得成功的。屋大维的好友米西那斯是一个爱好文化的有钱的大商人,他给了作家们很多物质援助,送给他们金钱土地等,当代著名作家和诗人们都集聚在他家里,朗诵和讨论文学作品,维吉尔也是其中的一个。维吉尔成为屋大维的热烈的崇拜者,在他的诗里我们可以看到许多对屋大维的统治以及已死的恺撒的颂赞。《牧歌》第四首整篇就是关于在屋大维统治下的"黄金时代"的预言;第五首歌颂达芙尼的惨死和升天,很可能指的就是恺撒;其他篇中我们也可看到许多颂扬屋大维的句子。

　　两千年来维吉尔的诗歌一直为广大欧洲人民所喜爱。他的作品虽然受到时代限制,不得不摹仿当时一般的作风和表现内容以适合统治阶级的需要,但一个伟大的作家也必然会突破这种人为的时代作风,而真实地反映了当时人民的思想感情;他所以成为伟大的作家就在于此。当我们读这些牧歌时,正如我们读这时代其他罗马文学时一样,我们会感到这时代轻绮繁缛的作风,诗词讲求声色和字句的雕琢,以及人为的造作气氛;这一切我们都会感到是不自然的。这些也正是当时社会风气所造成的一种文风,但当诗人怀念他的故乡的自然景色,流露着当时农村小所有者对土地的热爱,对战争的厌恶,并反映当时小土地所有者和大奴隶主之间的深刻矛盾时,我们可以看到诗人和人民的思想感情是息息相通的。这十首牧歌虽然从表面看来是用着一种人为造作的文体,内容似乎是脱离现实的,但实际上却有其现实性,真实地反映了当时人民的思想感情。

另外一点需要说明的就是它对希腊牧歌的摹仿,甚至整句的因袭问题。过去曾有不少学者在这方面做了烦琐的考证,指出《牧歌》里哪些地方是抄袭希腊诗人的作品的,指出整篇体裁的摹仿和整句的因袭,企图证明这十首牧歌只不过是诗人少年时的试笔,只是摹仿前辈诗人的作品,并无多少新创。这种看法显然也是不正确的。前面已经提过,古代罗马文化是在希腊文化的影响下发展起来的,希腊诗人的作品对于罗马诗人是标准的范本,这正如我国魏晋时代诗人摹拟古乐府歌词一样。在曹子建、陶渊明的诗里我们可以找到不少和古乐府诗里完全相同的体裁和句子,但这些"拟古"的诗究竟不同于原作,而且它的精神实质也不相同。维吉尔的牧歌也正是这样。我们如拿维吉尔的牧歌和希腊诗人的牧歌相比,就可以看出它们是完全不同的。

最后,需要说明一下本书的版本问题。维吉尔的诗集的古代主要版本(Editio princeps)是斯温韩(Sweynham)和潘那兹(Pannadz)的罗马本,其年代不可确知,但大约比1470年德·斯庇拉(De Spira)的威尼斯本为早。现代的校订本子最好的是1895年里别克(Ribbeck)的四卷本,和1900年赫尔则(F. A. Hirtzel)的牛津大学古典丛书本(Scriptorum Classicorum Bibliotheca Oxoniensis)。这个译本就是根据赫尔则校订本翻译的。翻译力求忠实于原文,行数完全跟原文一样,曾参考了剑桥大学西最克教授(A. Sidgwick)所做的注释,及1949年出版的里犹(E. V. Rieu)的英文译本,后者的翻译是散文,处理上相当自由,在许多地方比我这译文要大胆得多,但在表述原作的神韵方面倒是颇为成功的。

1955年夏

古代罗马帝国的天才诗人奥维德①

古罗马文学是在希腊影响之下,在公元前3世纪到2世纪间开始形成的。在这时期里,奴隶制的罗马国家蓄积了很多财富,疆土日益扩大,阶级矛盾逐渐尖锐化;到了公元前2世纪和1世纪间,许多奴隶和自由贫民的起义爆发了,其中最著名的是斯巴达克的起义。公元前71年斯巴达克的起义终于被奴隶主们残酷镇压下去,但奴隶主们在同起义运动斗争中,也逐渐形成了军事独裁,放弃了旧的共和国形式。这样,罗马帝国就出现了。罗马帝国第一任元首是屋大维,又称奥古斯都(公元前30年到14年),奥维德就是奥古斯都统治时代的著名诗人。

奥维德于公元前43年3月20日生于罗马城东不到两百多里的小城苏尔摩,到今年3月20日是他诞生整整两千周年。他的家

---

① 原载《文汇报》1957年3月20日,第3版。

庭属于所谓"骑士"阶级,比贵族要低一些,但也相当富足。他幼年在罗马曾受很好教育,后来又到雅典读书,并到西西里岛和近东一带游历;他性情不爱政治,在年轻时就喜爱诗歌,很有才华,认识了许多当代诗人。从他的诗歌里,我们知道他结过三次婚,生过一个女儿。他在罗马过了三十多年自由自在的生活,到了他五十岁时(公元后8年),忽然被奥古斯都放逐到边疆去;在黑海旁的一个小镇住了十年,终于在他六十一岁时(公元18年)病死在异乡,所以他的晚年生活是很悲惨的。他的生平,简单说起来就是这样。

关于诗人为什么原因触怒了奥古斯都,为什么原因被放逐到荒凉的边疆去,诗人自己并没有说明。过去西方学者们曾有过种种不同的猜疑,有人认为奥古斯都的孙女有些不正当的行为,诗人也被这些宫闱秽事牵连在内,因而遭到放逐;这种假设不是毫无根据的,因为诗人在他诗里也说过,他所以得罪是由于写了一首诗和犯了一个错误,看见了一件不应当看见的事情,但自己并未犯什么罪过。也有人说与这件事有关的不是奥古斯都的孙女朱利亚,而是奥古斯都的孙子阿格里帕。我们知道,在诗人被放逐之前不久,奥古斯都的孙女和孙子也都被放逐到外地去,所以这件事究竟是谁的过错是很难肯定的。还有人认为诗人所以遭到放逐,是由于他写了一首叙述恋爱技术的长诗，其中描写性爱的地方太露骨了，奥古斯都认为有伤风化，所以才惩罚了他；但是我们知道当时罗马上层社会的风气相当淫佚，奥维德所写的诗篇内容并不比别的诗人更不道德，所以至多这不过是当时放逐他的一种借口，不会是真正理由。总之，当时幕后的事实不管怎样，诗人只是做了统治阶层内部矛盾的牺牲品；今天我们读诗人晚年所写的哀歌，还可以感到诗人当年受到暴虐惩罚后的痛苦，同情他的不幸的遭遇。

奥维德被放逐移居的地方，古代叫作陶密斯，就是现在罗马尼亚的康斯坦萨城。这城在黑海沿岸，在多瑙河口西南两百里左右，当时还是一个荒凉的边镇；当地居民多半是游牧半开化部族，经常带着弓箭兵器，善于骑射。这里的人多半不会讲罗马话，奥维德也被迫学习当地的语言，并据说曾用当地语言写过一首诗。这一带地方都很荒凉，没有多少草木，多沼泽；气候也是极坏的，经常刮大风，冬天很冷；诗人身上没有衣裳，只披着皮革，留着长长的头发和胡须，在他诗里说，不但黑海和多瑙河水都冻结了，甚至瓶里的酒也冻成冰块，居民的胡子上也结了坚冰！这里当时是罗马帝国的边镇，经常遭到北方野蛮部族袭击，放羊的人都要穿着甲胄；野蛮人一来就把城外一切烧杀掳夺干净，蘸过毒汁的箭也经常射进城里。诗人这时虽已年老，也不得不参加守城工作。从他诗里所描写的这一切景物看来，诗人内心是非常苦痛的；他曾多次请求释放他，让他回到罗马，但暴虐的统治者终于没有允许他。

诗人奥维德的创作生活差不多有四十年，从二十岁左右开始，到他六十一岁病死在异乡为止；他的现存诗歌可以分作三个阶段：他年轻时所写诗歌都是些爱情诗，其中有《恋歌》《列女志》《论容饰》《情爱的技术》和《情爱的节制》；中年时期写了两部长诗，一部是《幻异志》，一部是《岁时志》；晚年在放逐中写了《哀歌》和《黑海零简》，和一首诅咒他的仇人的诗《鸩毒》。除此以外，据说他还写过一首关于《美狄亚》的长诗，一首描写巨人战争的诗，一首颂扬奥古斯都的诗，一首讥讽当代作家的诗，一首用陶米斯地方语言写成的诗，但这些都早已遗失了。

《恋歌》是他最早的作品，原分五卷，后来缩成三卷，共有诗四十九首，都是些很美妙的抒情诗歌，里面经常提到一个名叫考令娜的女人；但这女人是实有还是诗人的幻想，是否根据个人经历而加以想象渲染，这就很难肯定了。诗里也涉及诗人幼年生活和故乡景物，处处流露着诗人对自然和生活的热爱。《列女志》是假借一些古代著名女人述说她们爱情的诗篇，共有二十一篇，其中描写恋爱的人的心理也很真实细腻。《论容饰》是一首未完成的百行诗，专谈脂粉一类装饰用品，不是很重要的作品。《情爱的技术》过去曾有戴望舒先生的中文译本，叫作《爱经》，分三卷，据说这就是诗人触怒奥古斯都大帝的原因之一。《情爱的节制》只有一卷，据说是为了纠正前诗过于大胆的思想而续写的；这也不是诗人很重要的作品。

诗人中年的两部诗篇《岁时志》和《幻异志》都是很重要的著作。《岁时志》原来打算作十二卷，每卷述说一个月内的罗马岁时风俗，但只写了六卷；这部长诗不但充满了对家乡、对祖国的热爱，有许多有趣的丰富多彩的地方风物描写，而且对后日的民俗学家和历史家也是极其重要的研究资料。《幻异志》也是一部极其重要的古典名著，它分为十五卷，可以说是关于西方古代希腊罗马神话传说的宝藏，差不多所有重要的古代神话故事都被收集进去，每篇可以独立，但又非常巧妙地组成为一个整体；除了文学价值很高以外，它对日后的影响也是非常巨大的；在文艺复兴时期，当欧洲新兴各个民族开始学习希腊罗马的丰富古代文化遗产的时候，这部长诗差不多可以说是当时人的一部最重要的教科书，很多关于古典文化的知识都是通过这首长诗而传播的。

诗人晚年的作品都充满了哀怨的情绪和对故乡的眷恋。《哀歌》共分五卷，收长诗五十首，都是个人当时情感的自然流露。《黑海零简》分作四卷，共四十六首，都是用书札形式写成的诗篇；这些诗都是写给他的朋友的；其中前三卷是诗人自己收集的，最后一卷却是在他死后，朋友们代他收在一起的零星诗简。我们从这些诗篇里了解到诗人晚年的悲惨心情和当时罗马边疆的景物及人民生活。这两部诗集也很被后日欧洲诗人所推崇，作为摹拟的范本。《鸩毒》这一首诅咒他的仇人的诗是古代文学中一篇很古怪的作品。这虽然不是很重要的著作，但也可看到诗人丰富的想象能力，给我们揭露了古代人的离奇的精神世界。

奥维德写作他的诗歌的态度是非常慎重谨严的。他曾经毁掉不少诗篇，不让次等的诗歌流传下来；他非常重视修辞和音韵，所以从形式和文字上来看，他的每一篇诗歌都可以作为后世的范本。在这一点上，他是很值得我们学习的。后世对他的诗歌曾有不同的评价。在文艺复兴时代，他曾是最受欢迎的一位古典诗人，但后来也有不少人认为他的作品还不及那些希腊罗马的第一流诗人；无论怎样，他在欧洲文艺上的伟大功绩是不可磨灭的。他的《幻异志》和他的《恋歌》《哀歌》等，都曾被后日伟大诗人如但丁、莎士比亚、歌德等作为典范，是他首先在文艺复兴时期向欧洲人揭示了丰富多彩的古代世界；他对后世所起的巨大影响肯定了他在世界文学史上的崇高地位。中国人民对西方古代文化还知道得不多，纪念这位古代伟大诗人，学习他的创作，介绍他的重要诗歌，这在今天对我们是有益处的。

《罗兰之歌》译本序

在欧洲中古时代有一种行吟歌人的谣曲。这些谣曲的内容多半是叙述过去时代的英雄事迹，也有一些是民间传奇故事；这些叙事诗有些篇幅长达数千行，它们最盛行的时代是公元11世纪到15世纪，这时欧洲封建社会正从形成发展到全盛时期。我们也可以把这些长篇英雄叙事诗算作欧洲封建时代的史诗。

《罗兰之歌》就是这种欧洲封建时代史诗中最著名的一篇。由于这种文学来自民间，所以原作者是谁，写成于什么时期，也都无法详考。原作者大概是法兰西的不列坦尼人，后来史诗又经过诺尔曼的文人加工，这是从史诗的文字和其他方面可以断定的。在公元1066年诺尔曼人征服英国之后，有一位诺尔曼作家，芒姆斯布瑞的威廉，曾写了一部《诸王史》；他说当诺尔曼大公威廉开始征服英国的决定性战役时，"那时就歌唱了《罗兰之歌》，因为这位英雄的战斗榜样可以激励战士们……"这是关于这部史诗的最早可靠记载。在1160年，另一位诺尔曼作家魏斯在他的诗里也提到，在这次战役中，一个叫作台勒佛的职业歌人在威廉大公面前歌唱了关于查理大帝以及罗兰和奥利维等大将如何在昂赛瓦地方战死的谣曲。从这两人的记载看来，这部史诗显然在公元1066年以前就存在了；可能当时还没有定本，只依靠某种简略的"话本"和职业歌人的记忆被流传下来，不过史诗的大致内容业已存在。

现存这部史诗有八个抄本，内容大致相同，其中最完备的是英国牛津大学收藏的一个抄本，共有三千九百九十八行；这个抄本残缺的地方不多，一般校订这部史诗的学者都同意根据其他抄本补上四行，共为四千零二行。现在这个中文译本就是根据这个共四千零二行的校订本翻译的。这部史诗在欧洲中古时期就有不同欧洲文字的译本。转译成拉丁文和德文是在12世纪初，所以法文最后定本显然不能晚于11世纪末或12世纪初。

史诗的主要内容是关于法兰西皇帝查理出征西班牙，贵族甘尼仑怨恨大将罗兰，与敌人同谋，使罗兰和奥利维等大将落入敌人圈套并在昂赛瓦地方英勇牺牲，查理皇帝为罗兰等人复仇，彻底消灭了敌人，征服西班牙，然后将叛徒甘尼仑处死。这段故事有一些历史依据，但又不完全是真正历史，其中一些主要人物都是民间艺人根据传说发展创造出来的。

首先让我们看看这段故事的历史背景：查理大帝是确有其人的，他是公元8世纪下半叶至9世纪初封建欧洲最著名的一位国王；当时近东一带的伊斯兰教国家势力达到地中海，并占有西班牙。欧洲大陆上的基督教国家在那时还没有同伊斯兰教徒和东方的大食国家发生激烈冲突。在公元777年，西班牙的几位伊斯兰教领袖遣使来要求查理王出兵帮助他们攻打另一个在西班牙的伊斯兰教王。查理王同意跟他们合作，就两路进兵去攻打西班牙；他还没有打下沙拉古索城，就听到后方撒克逊人叛乱，只好放弃进攻，在他撤退时，山地的土著居民乘黑夜袭击了查理王的后卫部队，消灭了他们，抢走了一些财货。根据公元9世纪的查理王传记，这次袭击发生于公元778年8月15日。战死的将官中有一个名叫罗兰的人。

从公元9世纪开始，欧洲民间开始了关于查理王的种种传说。查理王进兵西班牙时，他才三十多岁；他一共也只活了七十多岁，但在史诗中，他已经活了两百多岁，有着雪白的胡须了。诗中除了罗兰外，还有许多其他英雄的将官；他们有一些可以在历史上找到，但也不是在公元8世纪中叶，多半是在公元9世纪10世纪间。由此可见，这个传说是在9世纪10世纪间逐渐在民间形成发展的。最初这个传说是关于罗兰被甘尼仑出卖，遭到敌人袭击，英勇牺牲，国王又为罗兰复仇的故事；后来到了10世纪之后，由于伊斯兰教势力在地中海一带同基督教国家发生了尖锐冲突，在公元11世纪和12世纪又有了欧洲十字军东侵，因此这个传说也逐渐增加了新的内容，才变成基督教和伊斯兰教一场大规模的神魔战争。

根据一般欧洲学者考证，史诗后面一部分，讲伊斯兰教王巴里冈从亚历山大里亚城来帮助沙拉古索的马西理王，显然是后加的；这一部分共有九百多行。除了这一部分外，其他较原始部分也经过教会的文人润色，增加了不少基督教色彩。我们知道历史上的统治阶级总是要利用人民创造的文艺作品为他们的利益服务的。这一部法兰西人民创作的史诗也曾被当时统治阶级通过它们的文人做了不少加工修改；巴里冈部分的九百多行，从内容看来，很明显不能早于第一次十字军东侵；这一部分完全是画蛇添足，在艺术上也比较拙劣；教会文人企图利用这些增添修改，来把这个民间的英雄史诗改成一篇为了激励欧洲基督徒反对东方的伊斯兰教徒的作品。西方学者虽然也承认这一部分是后加的，但也有个别学者为之辩护，说这一部分进一步渲染了史诗的战斗气氛，为这场斗争增加了声势，使史诗更具有巨大规模。其实这一部分只是前面战争场面的重复和模仿，艺术上并没有多少可取之处。

史诗最后一行是"屠若德述说的故事就到此为止"。许多西方学者认为屠若德就是本诗的作者，又考证这个屠若德是个寺院里的僧人，在诺尔曼人征服英国后，他随同威廉大公到了英国，做了芒姆斯布瑞大寺的住持，死于1098年。前面提到的芒姆斯布瑞的历史家威廉是那个寺院图书馆的主管，两人是认识的。这个考证颇有可能；只是我们知道这篇史诗原来是民间文学，曾在人民中流传，被职业歌人吟唱；即使这个寺院僧人是最后写下这篇史诗定本的人，他也只不过是个加工者，并不是真正的作者。也有一些西方学者考证，在这个屠若德之后，另有一个名为屠若德的诺尔曼僧人，是11世纪末、12世纪初人。如果说诗里某些增加部分与十字军东侵的某些史实有关，那么也许年代较晚的那个屠若德就是最后加工者，史诗中的巴里冈部分就出于此人之手。

在欧洲中古时期，有文化修养的人不多，多半都是寺院里的僧人。流传下来的欧洲中古时期民间文学作品一般都有浓厚的基督教色彩，这显然都是由于这种文人加工的结果。这寺院僧人一方面用文字记载保留下来不少当时的民间文学，这是件好事；但由于他们的宗教信仰和统治阶级意识，也有意无意地在这些优美的民间文学作品中做了一些内容上的歪曲，在这一方面，他们又是做了一件坏事。我们今天研究欧洲中古时代的文学，应该把人民群众创作的健康优美的东西和统治阶级加进去的糟粕加以区别。

虽然中世纪文人企图把这部史诗加工改造成一部描写基督教徒和伊斯兰教徒战争的作品，但他们做得并不成功；当时欧洲文化还处于比较落后的状况，近东一带的伊斯兰教文化，在十字军东侵时代，比起欧洲文化来是先进的。欧洲的寺院文人对伊斯兰教文化并没有真正了解。诗里描写伊斯兰教徒崇拜各种邪神，实际上是反映了欧洲基督徒自己的信仰。伊斯兰教并不是多神教，也不会供奉穆罕默德的神像；至于其他邪神，如特瓦冈本来是中古基督教中魔鬼的一个名称，再如阿波连是希腊罗马时代的阿波罗，朱庇特也都是希腊罗马的神名。诗里的异教徒也并不完全指伊斯兰教徒，其中也包括了撒克逊人、丹麦人、斯拉夫人、匈牙利人、鞑靼人等等，也就是说，包括任何在当时西欧基督教文化以外的人。

由于当时欧洲基督教文化并不比亚非的伊斯兰教文化更先进，诗里一些颂扬基督教文化的优越性的地方，实际上却得到了相反的效果。诗里描写查理王打下沙拉古索城，大肆屠掠，不肯改信基督教的全部被杀；看到这一部分的时候，读者都会感到当时欧洲基督教文化还并不十分文明。

当然，过去的文艺作品，即使全部是人民创作的，没有经过统治阶级的文人加工，也总会有些糟粕。诗里一些关于早期封建社会人与人的关系和一些宗教色彩,可能是在民间艺人创作这部史诗时就已经存在。当我们欣赏这部中古时代的伟大史诗时,我们应当认识到诗里的一些思想和道德标准是同我们今天的不同的。诗里英雄们对事业的忠诚坚定,他们始终不懈的旺盛战斗精神,他们对自己同伴的深厚友情,这些都会使人感奋,但是我们也应该认识到封建时代对领主的忠贞和同伴们的相互关系究竟不同于今天的爱国主义。

这部史诗的光彩远远胜过它的缺点。最重要的是诗中所表现的旺盛战斗精神和爱憎分明的鲜明立场。史诗的主题并不是关于基督教和伊斯兰教的一场战争。史诗是以一些中古欧洲的传说故事和一些历史人物和历史事件为基础的,但在这基础上,诗人却选择了正义必然战胜邪恶这样一个主题,并且指出了对待敌人应该毫不留情,不能妥协求全。史诗一开始就以罗兰和甘尼仑这两个人物和他们的不同态度说明全诗的中心思想,展开了矛盾。罗兰的态度是鲜明坚定的,他要求将战争进行到底,不彻底消灭敌人绝不罢休。甘尼仑的态度则恰恰相反,他对长期进行的斗争感到厌倦,因而采取机会主义的态度,愿意和敌人和平共处。他最初也并未存心背叛,但是他相信敌人的甜言蜜语,愿意被他们欺骗,同时当他被提名做国王的使臣时,又表现了胆小怕死,充分显露了他性格的懦弱。果然，这样一个懦夫到了敌人面前，由于他不能分清敌我界限，缺乏坚定立场，就被敌人收买，陷害了罗兰，并且使得查理王的常胜军队遭到重大损失；但是最后正义的军队坚持战斗，终于战胜了外表强大得多的敌人，叛徒甘尼仑也得到了应有的惩罚。史诗的辉煌的中心思想使得后世的人读了也感到振奋。这是一部最富有战斗精神的古代作品。前面提到，诺尔曼人在公元1066年在英国进行决战之前，曾有歌人歌唱了这首谣曲，这显然不是偶然的。

诗里关于反面人物甘尼仑的描写是非常真实可信的。诗人并没有把这个叛徒一上来就丑化到令人难以相信的程度；相反，在若干描写里，诗人还提到了他的高贵的仪表和在敌人面前表现的某些勇敢，但是诗人也明白指出了在华丽外表里隐藏的叛徒的丑恶灵魂。最初甘尼仑只表现为与罗兰看法不同，他认为"要保持明智"；在路上同大食使臣同行时，他还是对查理王表示无限忠心和敬佩的；到了马西理王面前，他最初也还忠实地传达了查理王的旨意，甚至冒了一些生命危险；在史诗第五百行以后，原诗大概缺漏了几行，后面我们就看到由于他缺乏坚定立场，已经决定接受敌人的贿赂，出卖自己人了，这时"他们还彼此吻了嘴和脸"。这种性格的发展是很符合真实生活规律的。诗人关于这个叛徒的高贵仪表的描写正是为了更加衬托出他丑恶的本质，而并不是为他开脱。

诗里主要英雄罗兰的性格也描写得栩栩如生。罗兰性格上并不是没有缺点；他非常刚强，也过于自信。当查理王要交给他全军的一半，归他统率时，他拒绝了，只要两万人做殿后部队；当敌人大举进攻时，他的亲爱同伴奥利维要他吹响号角，让查理王回师援救他们，罗兰又认为那样做太可耻，决定要孤军奋战；这种性格上的缺点使他中了敌人的诡计，终于英勇牺牲。叛徒甘尼仑了解罗兰性格；他知道如果罗兰统领殿后部队，他决不会在紧急时刻求援或者撤退；这样他才设下了这个诡计。如果换一个人，他本来是可以逃脱死亡的。这一切都描写得合情合理，非常真实。

诗人描写甘尼仑和罗兰两人性格上都有缺点，故事中的矛盾也由此而展开，但是两人性格上的缺点有本质的不同。甘尼仑的缺点是根本思想立场上的缺点；他的思想是机会主义的；他对敌人没有强烈的憎恨，因此他开始表现为妥协求全，然后在敌人的面前动摇被收买，终于堕落成为完完全全的叛徒。与此相反，罗兰虽然过于自信，中了敌人圈套，但是他的立场非常坚定，爱憎分明，对敌人毫不妥协，对自己的事业和同伴十分忠诚；他的过分自信的缺点毫不玷污他的高贵品质。诗人在描写这两人性格时，明显地表露了他对罗兰的热爱和惋惜，以及对甘尼仑的憎恨和厌恶。诚然，一个真正的人是会有这样或那样的缺点的；也不会有一个真正的人在各方面都完美无缺；诗中罗兰的性格过分自信，这当然是个缺点。由于这个性格上的缺点，故事才发展成为悲剧；但是面对敌人，罗兰却是非常勇敢，毫不动摇的。事实上，诗人不但不想减弱罗兰的性格的这一主要方面，他的勇敢和疾恶如仇的鲜明立场，而且还处处夸大他作战中的勇猛，特别强调这一方面，甚至有时描写他的勇力是超人的。这些艺术上的夸张丝毫不损害故事的真实性，却使得这个英雄的形象更加鲜明。除了大大渲染英雄们在战斗中显示的勇猛而外，诗里还有许多地方也是明显夸大了的，如最后梯埃利和般那贝决斗胜利后，查理王决定将给叛徒求情担保的人也全部处死；事实上，在中古欧洲，决斗失败那一方的担保人并不需要处死或受到惩罚；但是这种艺术上的夸张正是表露出人民的爱憎分明的感情。由于人民热爱罗兰这样的英雄，他们描写他时自然会把他描写得比凡人更加英勇、更加高大；由于人民痛恨甘尼仑这样的叛徒，他们就故意渲染他怎样受到最严厉的惩罚。在民间文学中，我们常常看到这样的浪漫主义手法；这种基于正义感情的浪漫主义并不减弱作品给予读者的真实感。诗中描写奥利维临终前，误把罗兰当作敌人，给了他当头猛击，但是罗兰并不还手，反而悲哀地问道，"你难道有意要这样干？这里是非常爱你的罗兰……"罗兰的性格像烈火一般非常猛厉，但是在自己同伴面前却是这样温柔；对战友俯首不加抵抗正衬托出他对敌人的毫不留情。诗中这些地方描写人物性格非常高明；在古代文学作品中很少有比这段更加令人感动的描写。除了罗兰和甘尼仑这两个人物而外，其他人物如谨慎温良的奥利维，年迈不衰的主教屠宾，老成持重的奈蒙，忠心的瓜提等等也都各有特色，这里就不一一提及了。

总之，《罗兰之歌》是中古欧洲的一部伟大史诗，一部爱憎分明、洋溢着战斗精神的作品。这也就是为什么今天值得把它介绍给我国读者的原因。

〔这篇序言是1964年春写成的，后来这部稿子被弃置了十几年，粉碎"四人帮"后才决定出版。在1981年春付印前只做了一些个别字句上的删节。〕

英国诗人神游元上都 ①

英国18世纪末著名诗人柯勒瑞吉（又译柯勒律治）有一首人所共知的诗篇，那首诗是诗人在酒后，或吸了鸦片烟后，梦中作的。醒后并没有写完。诗的一开头就提到元代的上都。此后都是描写他的幻觉，把元代上都和近东亚非地区天方夜谭式的想象混在一起。手头没有书，只能凭记忆把诗的开头几句粗译如下：

> 忽必烈汗在上都命令修建
> 一处豪华的离宫别苑。
> 圣河阿尔甫在那里奔窜，
> 经过了峡谷成千上万，

---

① 原载《人民日报》1989年1月20日第8版。

流入不见天日的深渊……

自从那时起,差不多有点文化修养的英国人都知道"上都"(Xanadu)这个名字,其知名度可以同丝绸之路或马可·波罗桥媲美,也可以说上都几乎已成了中国的代名词。我们近几年很重视国际旅游事业,因此在丝绸之路或马可·波罗上大做文章,但是却忽略了上都,其实上都遗址现在还有,而且距离我们的首都不远,交通也不困难,大可以修复利用。

《辞海》里关于上都是这样说的:"蒙古宪宗六年(1256年)忽必烈营建城郭宫室于滦水北。中统元年(1260年)即帝位于此,称开平府。四年加号上都,自后岁常巡幸,终元一代与大都并称两都。上都规模大于成吉思汗时期的和林,而小于大都城。故址在今内蒙古正蓝旗东闪电河北岸。"记得前些时候,在报纸上曾有过一段新华社的新闻报道,说元代上都遗址最近已被发现,还有不少残存文物,而且城郭宫苑遗址也还存在。这样看起来,保存修复元上都遗址并不困难。近年来,北京市对保存修复圆明园很感兴趣,其实圆明园只代表我国一段耻辱的历史,对年轻人进行爱国教育倒是有用的。但如果为了开展旅游事业,似乎在参观故宫以后,带外宾逛逛承德,再看看元上都遗址,要更合适一些,何必要外宾们到圆明园,使他们中有的朋友想到祖先的暴行，感觉脸红呢？

　　上都我还没有去过，不知当地的元代遗址还能看到多少。元人杨允孚著有《滦京杂咏》，诗里一定有不少关于当时情况的记载，但是这些诗我也未看过。从柯勒瑞吉的诗来看，在上都附近有一条名叫阿尔甫的大河，这当然是指滦河上游的闪电河。闪电河是汉译今名，蒙古时代的原名似无从查考了，会不会同英译的阿尔甫河名有些关系呢？西方学者对阿尔甫做过不少考证，说是诗人在睡梦中把这条河同埃及的尼罗河古名混在一起了。也许是这样，但也可能阿尔甫正是元代滦河或上游闪电河的原名。至于说河水经过无数峡谷，终于"流入不见天日的深渊"，这就是说滦河穿过燕山，终于流入渤海湾了。诗人虽未到过中国，但他从别人传来的消息，可能也有些事实根据。

萧伯纳——资产阶级社会的解剖家①

世界和平理事会号召在今年纪念的世界文化名人萧伯纳，是现代英国和爱尔兰著名的戏剧家，也是19世纪末以来，西方伟大的现实主义作家之一，今天是他诞生一百周年纪念。在他七十多年的创作生活里，他曾经写了将近五十部戏剧，几百篇论文和几十本其他著作。

一百年前的今天，萧伯纳出生在爱尔兰的都柏林城的一个中产阶级家庭，父亲是一名退休的公务员；虽然在他幼年时期，家庭的经济情况并不太好，但这一家庭的资产阶级性质在他思想上是打了深深的烙印的，对他后日的思想发展起了很大的影响，使他在追求真理中经历了曲折的道路。他母亲是一个音乐教师，这帮助他从小就养成对音乐的爱好。他并没有在学

---

① 原载《人民日报》1956年7月。

校里受多少教育，十五岁起就在都柏林一家地产公司做小职员，以后一度又在爱迪生电话公司任职，这些工作都使他对生活有了广泛的接触，为他日后的写作打下了基础。1876年离开爱尔兰到了伦敦；从这时起，开始写小说，一共写过五篇长篇小说，但都没有引起很多注意。这是青年的萧伯纳在人生的旅途上开始摸索的时期。

19世纪80年代，由于英国资本主义危机的加深，虽然真正有组织的大规模工人运动还未产生，但社会主义思想已经开始在资产阶级知识分子中间流行；就在这个时期，萧伯纳开始得到了政治教育。1882年，他听了亨利·乔治的一次讲演，使他认识到经济基础的重要性。此后不久他读了《资本论》，这在他一生中是最有决定性的事件。他自己说过，"从那时候起，我才成为在世界上有所为的人"；虽然《资本论》并没有使萧伯纳成为马克思主义者，但却决定了他此后所走的道路，即艺术是为了人生，是改进社会的工具的现实主义创作道路。在他七十岁生日的宴会上，萧伯纳曾这样表示马克思对他的巨大影响："卡尔·马克思和社会主义使我变成了这样的人，不然，我和我的许多同道不会两样……你们只要看看其他的文人，就可以明白我为什么这样异乎寻常地感到作为社会主义者的骄傲。"

1884年，萧伯纳加入了新成立不久的费边社。当时的费边社虽完全由资产阶级社会主义者组成，它本身不可避免地带有机会主义色彩，但在开始的时候许多参加者还是有着社会主义理想的，也还并不是害怕革命的，青年的萧伯纳热烈地希望革命的早日到来，曾经不辞劳苦地从事宣传社会主义的工作，写了不少文章。同一时期他写了不少有关音乐和戏剧的评论，在这些文章里他对艺术应该是为了改进社会的主张和他向戏剧方面发展的趋向渐渐明确了。从1885年到1898年，他做了十多年的记者，除了替《世界报》《星期六评论报》和《明星报》写音乐绘画评论以外，还借此进一步了解英国社会的各阶层，他越在资产阶级社会里混，越厌恶那个社会的虚伪丑恶。1885年他开始写第一个戏剧《鳏夫之家》，就痛快淋漓地揭露了资本主义社会的腐朽。

英国戏剧在伊丽莎白时代以后经历了长期的冷落和萧条，19世纪末盛行的轻浮喜剧和市侩的传奇剧使戏剧成为少数有闲阶级的无聊娱乐。萧伯纳作为易卜生的学生，19世纪资产阶级社会崛起的叛逆，一开始就对这种传统进行了猛烈的攻击。他无情地撕破了绅士们的假面具，尖锐地讽刺了资产阶级社会。《鳏夫之家》里写到一个年轻的理想家，发现他全部收入都是从贫民窟的房租得来的。在这个剧本里他把资产阶级比作垃圾堆上食粪而自肥的苍蝇；在序言里他指出写这剧本是要使人在下一届伦敦市选举中投进步方面的票；所以他用戏剧作为宣传社会主义的工具的目的是很明显的。

在1893年写成的《华伦夫人的职业》里，他更加大胆地揭露了在资本主义桎梏下，人们的荒淫无耻。这里，一个自以为高贵非凡的年轻小姐，突然发现她母亲是靠着开窑子来维持她的生活。华伦夫人责备女儿说："你以为你是个自由的女人，你可曾追问一下你的生活的来源？"萧伯纳就这样毫不留情地揭穿绅士淑女们的"高贵"。在《巴巴拉少校》（1905）一剧里，资本主义使人们的相互关系沦为一种单纯的金钱关系。这些都清楚地表现出萧伯纳对他生活的那个社会的厌恶。他像个不动感情的医生那样解剖着资本主义社会的这具尸体。

这样的作品当然触怒了资产阶级当局。《华伦夫人的职业》写成后，一直禁演了三十年。1902年纽约一家剧院曾上演过一次，演员谢完幕，就全部被警察抓走了。1924年当伦敦检察官终于解除了禁令的时候，萧伯纳发表了一个充满了讽刺的声明。他慨叹地说："写这个戏的时候我还是个冒失的小伙子。如今我已经到了六十八岁可敬的年龄。"他一面表示迟迟演出还不如永不演出，但同时又说，这个戏在三十年后，是同样的真实，同样的需要。

在第一次世界大战期间,萧伯纳发表了许多反对帝国主义战争的言论,指出了这次战争的本质,这使他遭受到许多攻击,他的言论也遭到恶意的歪曲。在战后萧伯纳的戏剧创作进入了一个新的阶段,他的戏剧所接触的问题已经不是个别社会现象,而是整个社会、资产阶级民主政治的全面破产和资本主义文化的毁灭了。在这方面,第一个重要剧本是《伤心之家》,于1919年发表。"伤心之家"就是整个资产阶级社会的象征,在"伤心之家"下面埋藏着火药,剧的末尾火药在空袭中爆炸了,毁灭了资本家和小偷。这个剧本对反动统治阶级抨击得尖锐有力,以至写成以后,许久没人肯演出。1923年的《圣女贞德》是一个历史剧,剧中圣女的孤独和不被世俗理解,反映了萧伯纳的彷徨和苦闷,贞德对那些出卖她的贵族说:"我现在要到普通人民当中去,让他们眼睛里的爱来医治你们的仇恨加给我的创伤。"在这些政治幻想剧里,最现实的题材和最离奇的想象糅合在一起,《苹果车》里出现了麦克唐纳,《搁浅》里失业工人要推翻政府,《日内瓦》里法西斯分子墨索里尼、希特勒和佛朗哥在海牙法庭受审。这种利用现实政治题材的讽刺剧在古代雅典喜剧作家以后从来就没过。高尔基称萧伯纳为"欧洲最大胆的思想家之一"是说得不错的。

1931年萧伯纳访问了苏联,此后又到过中国,在他回到英国以后，他曾发表了不少文章和言论，指出苏联是全人类的希望，是指示未来道路的灯塔。在第二次世界大战初期，他不顾反动分子的造谣破坏，继续赞扬苏联。在他临死前两年间，他公开反对朝鲜战争，反对使用原子弹。在1950年8月，他在对记者的谈话里说："反共战争是愚蠢的，完全是胡闹……未来将属于那个将共产主义建设得最快最彻底的国家。"

在中国，自从"五四"以来，萧伯纳和易卜生的作品一直受到广泛的注意，1921年上海就已上演了《华伦夫人的职业》，他的许多著名戏剧也早就译成中文。它们不但对中国的话剧运动有过不可磨灭的影响，对社会的改革也起过推动的作用。1933年，当他来中国访问的时候，当时以鲁迅先生为首的中国进步文艺界对他表示了热烈的欢迎，而帝国主义者及其御用文人对他的访华却表示了深恶痛绝。临别的时候，这位伟大的戏剧家对于当时中国的民族解放运动和中国的新兴文化，都寄托了热切的期望。

萧伯纳始终是全世界爱好和平和进步的人们的忠实朋友。他在文学上的成就是非常辉煌的，他的作品将永远成为推动世界前进的一股巨大力量。

古苑新葩
——祝希腊获奖二诗人诗选中译本出版

当代世界诗人获得诺贝尔奖金的并不多，在最近二十来年里，两位获得这个文艺奖金的都是希腊诗人，这是一件很有趣的事。古代希腊是西方文明的发源地，古代希腊文学哺育了后来的欧洲文学创作，但是今天的希腊只是欧洲地中海地区的一个不大的国家，当代希腊文学在世界文学中并不处于显要地位，唯独当代希腊诗歌却引起西方文学评论界的重视，其原因大概就在于它继承了将近三千年的深厚文化传统，又从近代的欧洲诗歌中获得了新的营养，因而产生了一系列令人注目的著名诗人。这是在世界文学史上一个特殊的饶有趣味的现象。

古代希腊各地原有不同方言，到了亚历山大大帝统治和罗马帝国时期，这些不同的方言已经统一为一种普通话；这种书写用的普通话，受雅典修辞学的影响，成为官方语言或"雅语"。这种古典主义的"雅语"与同时期的口语还有些区别；

这是现代希腊文学的一个传统。另一个传统则是在爱奥尼亚群岛和克里特岛兴起的"俗语"文学；这是因为在15世纪希腊本土被土耳其人占领以后，唯一的文学活动是民间歌谣，当时也还有一些受意大利和罗马喜剧影响的戏剧作品。19世纪初，希腊获得独立后，在古典派与民间派斗争中，当代希腊重要作家多数是站在民间派一方的。这同我国现代文学史上白话取代了文言的经过颇有相似之处。

由于希腊和我国都有几千年的文化传统，两个民族的历史经验也有些类似；在热爱祖国乡土、反对异族压迫、要求国家独立自主等方面，我国人民同希腊人民的民族感情是很接近的。近代希腊和我国，在争取民族独立的过程中都从西方文学中汲取营养，来丰富自己的文学创作。在这一方面，我国"五四"运动以来的新文学也与现代希腊文学有不少共同点。

从这些共同点来看，让我国读者了解一点近代希腊诗歌的成就，给我们诗歌界以借鉴和启发，这是大有好处的。外国文学研究所的李野光同志从事翻译介绍西方诗歌多年，自己也是个诗人，现在不辞辛苦，又选译了这两位现代希腊诗人的许多名篇；这是一件很有意义的工作。翻译介绍现代希腊诗歌到中国来是很困难的。这主要是由于我们不属于同一文化传统，现代西方读者很容易理解和欣赏希腊诗人的作品，这是因为他们的文化一脉相承；古希腊的史诗、抒情诗、悲剧和喜剧是近代西方文学创作的源泉，现代希腊诗人作品中提到的古代神话、历史典故以及后来属于基督教文化的东西，对他们都不是陌生的。而我们过去的文化则是属于另一系统，是不受西方影响而单独存在的，因此对我国读者来说，通过中文翻译来阅读欣赏现代希腊诗歌是要费一点气力的。虽然如此，现代希腊诗歌的发展，仍然可以给我们以借鉴和启发，尤其对我国当前有志于探索诗歌创作的同志们更是如此。野光同志要我为这部译作说几句话，因他在前言中已经为两位希腊诗人做了详尽的介绍，我就不再重复啰唆，只是表示我的祝贺，写两句我的感想。

〔希腊诗人乔治·塞菲里斯（1900—1971）、奥德修斯·埃里蒂斯（1911—1996），分别于1963年和1979年获得诺贝尔文学奖。李野光（1924—2014）译二位诗人诗集，取名《英雄挽歌》，收入"获诺贝尔文学奖作家丛书"，于1987年出版。1995年又扩展为两本：塞菲里斯《画眉鸟》和埃利蒂斯《英雄挽歌》。——编者注〕

二 论中国文学

《庄子》的原来篇目

今本《庄子》多半为后人所附益，其中多杂魏晋人语，非《庄子》旧文，这是大家都知道的。《杂篇·寓言》最初几句话颇似作者原序："寓言十九，重言十七，卮言日出，和以天倪，寓言十九藉外论之……重言十七所以已言也。"关于卮言，王念孙说："夫卮器满即倾，空则仰，随物而变，非执一守固者也。施之于言，而随人从变，已无常主者也。"所以卮言的意义大概凭空发议论而非假借古人姓名者，寓言藉外论之，藉借为借，故当是假借古人姓名而发论者。重言的意义过去多以为是"重说耆艾之言"，似乎太牵强。按重为省，《说文》曰："增益也。"故重字的意义当即为增益或重复，寓言既是假借古人姓名发论，重言当即是假借同一古人姓名而重发新论者。

关于寓言十九与重言十七，过去人多以为十九的意义是十分之九，十七的意义是十分之七。这似乎太小看了古人的数学知识，《庄子》全文若为十分之十，其中如何能有十分之九的寓言与十分之七的重言。十九与十七当皆为实数，我们因此也可知道原本《庄子》当为三十六篇，其中十九篇是假借古人姓名的寓言，十七篇是假借相同古人姓名的寓言，卮言无一定数目，当间插于寓言与重言间。

《骈拇》以下的《外篇》及《杂篇》文体与前不类，前人已多以为非原书，所以只有《内篇》七篇是可靠的。虽然司马迁称其文十余万言，比今本《庄子》还多，又谓庄子做《渔父》《盗跖》《胠箧》以诋訾孔子之徒，这些都在今本《外篇》《杂篇》里，但是增益《庄子》的工作在司马迁前当即已开始，如我们关于十九与十七的考证不误，则原本当为三十六篇，而《汉书·艺文志》著录五十二篇，可见其中当至少有十六篇是汉初人增益的。

今本的篇目我们可以不去管它，我们把《内篇》当作一篇东西读，即可见其中寓言自成段落，而且自第一篇"鲲与鹏"的寓言起，至末一篇"倏忽与混沌"的寓言止，一共是三十六篇，与我们假设原本的篇数相符，略如下表：

（一）鲲与鹏　　　　　（二）尧与许由

（三）肩吾闻言于接舆　（四）惠子问庄子

（五）南郭子綦与颜成子（六）啮缺问于王倪

（七）瞿鹊子问于长梧子（八）罔两问景

（九）庄子梦蝶　　　　（十）庖丁解牛

（十一）公文轩见右师　（十二）秦失吊老聃

（十三）颜回见仲尼　　（十四）叶公子高问仲尼

（十五）颜阖问蘧伯玉　（十六）匠石见社树

（十七）南伯子綦见大木（十八）孔子适楚

（十九）常季问仲尼　　（二十）申徒嘉与子产

（二十一）叔山无趾见仲尼（二十二）鲁哀公问仲尼

（二十三）惠子与庄子　（二十四）南伯子葵（当作綦）问女偊

（二十五）子祀与子舆　（二十六）孔子吊子桑户

（二十七）颜回问仲尼　（二十八）意而子见许由

（二十九）颜回与仲尼　（三十）子舆与子桑

（三十一）啮缺问王倪　（三十二）肩吾见狂接舆

（三十三）天根与无名人（三十四）阳子居见老聃

（三十五）列子问壶子　（三十六）倏忽与混沌

我们再看这些寓言大半都以几个著名的古人为中心。见于两处以上的古人有庄子、仲尼、南伯子綦、许由、子舆、王倪、老聃、接舆等八人。计假借孔子的寓言有九篇，庄子三篇，南伯子綦三篇，许由二篇，子舆二篇，王倪二篇，老聃二篇，接舆二篇。这样看起来，假借相同古人姓名的寓言共有十七篇，此外的寓言共有十九篇，与重言十七篇寓言十九的话又完全相符，这如果都是巧合则未免太巧了。因此我们认为原本《庄子》当为三十六篇，其中寓言共十九篇，重言共十七篇，亦即今本的《庄子·内篇》。《外篇》与《杂篇》则为汉晋人所增益。

《穆天子传》的作成时代及其作者

《穆天子传》不会是秦汉以前的作品，关于此点，前人已多有论辩。简单说起来，这书里关于西域的知识，不是秦汉以前的人所能有的。古代关于穆天子西征的记载很少，《国语》里只有"穆王将伐犬戎"等几句，与《穆天子传》里夸大的记载不同。《左传》里只有"穆王欲肆其心，周行天下，将皆有车辙马迹焉"几句，况《左传》本身是否完全是汉代以前的作品，尚有问题。今本《竹书纪年》里的记载大致与《穆天子传》相符，有北唐所献的千里马"耳"，有"西征次于阳纡"，有虎牢，有造父，有昆仑丘的西王母，有"流沙千里，积羽千里"，然而今本《纪年》的不可靠，是人所共知的事实，也许这些都是后来根据《穆天子传》加进去的，况且《竹书纪年》是在晋代与《穆天子传》同时代被发现的，所以根本不能作为考据《穆天子传》时代的证据。与《穆天子传》同时被发现的《逸周书》里,《王会》和《伊尹朝献》等篇所记地名,有大夏、莎车、匈奴、楼烦、月氏、东胡等,更反而足以证明晋代发现的这一些古书,都不是汉代以前的作品。

《山海经》我们知道也许有一部分是汉代以前的作品。其中说西王母是一种怪物:"其状如人,豹尾,虎齿而善啸,逢发载胜,是司天之厉及五残。"到了《穆天子传》里,西王母就人格化了。这也是《穆天子传》晚出的证据。

关于晋代汲冢书被发现的事实,这大概是相当可靠的。一般认为《穆天子传》是战国时书的人多以此为主要证据。《晋书·武帝纪》说:咸宁五年(279年)"冬十月戊寅,汲郡人不准掘魏襄王冢,得竹简小篆古书十余万言,藏于秘府。"荀勖《穆天子传·序》说:"古文《穆天子传》者,太康二年(281年)汲县民不准盗发古冢所得书也,皆竹简素丝编。以臣勖前所考定古尺度,其简长二尺四寸,以墨书,一简四十字。"这两段记载,如果细细看起来,里面有许多问题:第一,年月不符。当然这是小问题,然而也可以看出关于发掘的情形,当时业已不甚清楚。第二,我们并不能证明这是魏襄王的坟。荀勖只是因为汲郡从前是魏地而断定如此,并没有证据,反之,我们却有证据来证明那不是魏襄王的坟。《西京杂记》曾说过魏襄王冢在汉代已被广川王去疾发掘过了,魏襄王冢"皆以文石为椁，高八尺许，广狭容四十人。以手扪椁，滑液如新，中有石床、石屏风，宛然周正，不见棺柩明器踪迹，但床上有玉唾壶一枚，铜剑二枚，金玉杂具皆如新物，王取服之"。其中并没有大量竹简。第三，竹简上所书字是小篆，而小篆是秦李斯等在消灭六国后所创造的。第四，荀勖说竹简用素丝编，可见简上丝还未朽，而我们知道丝麻等物在地下是不能保留到五百多年的，至少素丝的颜色也应该变得不容易辨认了。《西京杂记》又记载发掘哀王冢说："铜帐钩一具，或在床上，或在地下，似是帐糜朽而铜钩堕落，床上石枕一枚，尘埃胐胐，甚高，似是衣服。"可以为证。如果竹简是汉初物，相离三百年左右，或许可能。第五，荀勖说简长二尺四分，每简四十字。古代竹简长短有定制，周尺以八寸为尺，诸子短书，策止八寸，《论语》也只八寸。汉武崇尚六经，始有长二尺四寸的官书，就《穆天子传》的简长看来，它应该是汉武帝以后的官书，不会早于汉武帝。

可是我们也知道《穆天子传》不会是晋人伪作的，《列子》里的周穆王一段显然以《穆天子传》为蓝本。《史记·赵世家》："造父幸于周缪王，造父取骥之乘匹，与桃林盗骊、骅骝、绿耳，献之缪王，缪王使造父御，西巡狩，见西王母，乐之忘归。"即使不是取材于《穆天子传》，也应与《穆天子传》同源于相似的传说。司马迁是武帝时人，所以《穆天子传》应该最早是成于汉武帝时，最晚也不会晚于西汉末年。

西王母的传说似乎始于汉武帝时，而在西汉末年，由当时政治的宣传看来，似已成为一种普遍的民间信仰，所以当时有"传西王母筹"的事。汉武帝见西王母的故事是人人都知道的，故事见于《洞冥记》《拾遗记》《汉武帝内传》《汉武故事》《海内十洲记》等书，不必细说。从这些故事的内容看来，西王母的故事，显然是因了武帝通西域，民间闻见远方异物，附会而成的。卫聚贤先生曾说西王母的故事与武帝征大宛有关；这假设似乎颇为可能，当时大宛的王称为王母寡，西王母可能即由此附会而成。如果《山海经》里说到西王母的部分是汉人加进去的，《竹书纪年》又与《穆天子传》同样不可靠，我们就可以假设西王母故事起源于武帝征大宛前后几年，而神话里的西王母也就是相当于历史上的大宛，西王母的"西"字是与"东"相对而言；西王母如果是大宛，《神异经》所谓"东王公"大概指的就是汉武帝。

《汉书》说大宛去长安一万二千五百五十里。《穆天子传》说：自宗周至西北大旷原一万四千里，而西王母之邦是在旷原东南一千九百里，所以，自宗周至西王母之邦是一万二千一百里。两地都是一万二千多里，相差极小，所以这也可以作为大宛即西王母的证据。附带可以提起的，就是大宛以北是康居，地方荒旷，可能就是《穆天子传》的西北大旷原。西王母北至旷原一千九百里，根据《汉书》大宛北至康居卑阗城一千五百一十里距离也差不多。再说《汉书》说河原出于于阗，其地多玉石，去长安九千六百七十里；《穆天子传》说群玉之山在西王母东三千里，所以去宗周也是九千里左右，这一切如果都是偶然巧合，则未免太巧了。

《穆天子传》里提到许多以黄白金制的器皿，《史记·大宛传》也说："得汉黄白金，辄以为器，不用为币。"大宛"俗嗜酒"，《穆天子传》也有诸夷献酒的记载；《大宛传》说："天子案古图书，名河所出山曰昆仑。"而大宛是在昆仑以西的大国，这也与西王母的记载相符。《大宛传》说大宛人"贵女子，女子所言，丈夫乃决正"，这可能就是西王母为女性的传说的来源。《穆天子传》里，巨蒐人以牛羊为穆王洗足，这显然也是汉人所知的西域风俗。《史记·匈奴传》就说中行说教单于"得汉食物皆去之，以示不如酪之便美也"。穆王八骏的故事更显然与武帝的天马有关。日本的小川琢治就曾指出八骏的名称都源于突厥语，如"盗骊"是dav的译音，意为"细"；郭璞注言盗骊为马细颈，白义马是Beigir的译音，意为"白色马"；"逾轮"是Jylan，意为"蛇"，或"细颈马";"赤骥"是Kysil，意为"赤色马";"山子"是Sar，意为"黄色马";这些名称恐怕都是武帝的天马从西域带来的。汉武帝有几匹"天马"无从查考，不过《西京杂记》说，汉文帝有九骏，名为浮云、赤电、绝群、逸骠、紫燕、绿螭、龙子、麟驹、绝尘，又有来宣能御，号为王良。这似乎就是穆王八骏与造父传说的来源。《拾遗记》说：周穆王的八骏名为绝地、翻雨、奔霄、超影、逾辉、超光、腾雾、挟翼，这些名称与前面的差不多，其间彼此附会的形迹显然可见。

汉武帝时人确信西面有西王母国，如《史记·大宛传》云："安息长老传闻条支有弱水，西王母。"张骞受武帝命而赴西域；其主要使命固为与月氏取得联络，但同时似亦寻求西王母的仙境。此种信念必源于西域来人的夸大报告，而就"西王母在条支西，近日所入"的记载看来，所谓西王母国显然也就是大秦，就是承继近东希腊文化的东罗马帝国，西域人所谓Yavana、Yona、Yunani的地方。古音m与n相通，如"弥"字，广东今日尚读为nei，所以希腊在东方的名称Yunani、Yavana就可以译为西王母，汉武帝寻求西王母国，也就是寻求西方的希腊。

汉武帝见西王母的故事显然又是由泰山封禅等事实演化出来的。元封元年三月，登中岳太室，"从官在山下，闻若有言万岁云"，这也许就是武帝见西王母故事的起源。《洞冥记》说："元光中，帝起寿灵坛……使董谒乘云霞之辇以升坛……谒乃闻王母歌声而不见其形，歌声绕梁三匝乃止。"这也就是武帝当时诏书所说的"遭天地况施，著见景象，屑然如有闻"，后来这就变成了西王母与帝仙桃的故事。《汉武故事》说西王母夜降，"乘紫车，玉女夹驭，载七胜，履玄琼凤文之舄"，与《拾遗记》里周穆王见西王母故事相较，"王东巡大骑之谷，指春宵宫……西王母乘翠凤之辇而来……曳丹玉之履"，可见这两段传说本来就是一件事；汉武帝见西王母，相传是在七月七日，《穆天子传》说：穆王宾于西王母是在孟秋甲子，也是七月。《汉武帝内传》说：武帝见西王母前，于甲子日起道宫，斋七日；《穆天子传》则说：王于甲子日见西王母。

我们再把汉武帝封禅前后的事与《穆天子传》的记载比较一下：元封元年夏四月癸卯，武帝登泰山封禅，穆王则于季夏丁卯，升于春山之上，观五日。武帝"令人上石立之泰山巅"，穆王当时也"为铭迹于县圃"。武帝封泰山时，有人献黄帝时明堂图，上有楼，命曰昆仑，天子从之人，以拜祠上帝，于是作明堂汶上；穆王则也"并于昆仑之丘，以观黄帝之宫"。武帝"立九天庙于甘泉"，穆王则有"乃口先王九观，以诏后世"的记载。

《穆天子传》卷一记穆王戊寅开始北征，绝漳水，以后文"季夏丁卯"看来，约历三个多月；夏季是六月，则戊寅约当三月。武帝元封元年幸缑氏，登太室，封禅泰山，也始于三月。穆王得虎，畜之东虢，是曰虎牢（见《穆天子传》，旧注："虢本作虞，避唐讳也"），武帝做建章宫，"其西则唐中数十里虎圈"。穆王"南游于黄室之丘，以观夏后启之所居"，武帝用事华山，也见夏后启母石。穆王当时又与井公博，乃驾鹿以游于山上，《神仙传》则说有中山卫叔卿尝乘云车，驾白鹿，见汉武帝，并在华山游博。穆王射得白鹿，武帝也射得白鹿。《穆天子传》有盛姬为盛柏之子，在途中病死，武帝出巡时，奉车霍子侯为霍去病子，也暴病死。穆王巡行天下以南郑为中心，武帝巡行天下以甘泉为中心，而汉代的甘泉也就是南郑，地方完全相同。汉武帝元封六年诏曰："朕礼首山昆田，出珍物化或为黄金。"太始二年诏也说"泰山见黄金"，这大概就是《穆天子传》里，"昆仑之丘见有黄金之膏"的来源。太始二年诏书所说"渥洼水出天马"，大概又是《穆天子传》"天子之马走千里"的来源。同一诏书所说"获白麟以馈宗庙"，又是《穆天子传》卷六王射得白鹿的来源。《穆天子传》里的《白云在天》歌，恐怕又是源于武帝幸河东并祠后土时所作的"秋风起兮白云飞"。武帝元封元年春正月幸缑氏，祭太室，祠梁父，封泰山，北至碣石，巡自辽西，历北边，至九原而回到甘泉，凡周行万八千里，如果加上同年冬十月自云阳，北历上郡，出长城，登单于台，至朔方，临北河，祭黄帝冢，释兵须如，还甘泉，大概也有三万多里，与《穆天子传》的里数相符。如果详细比较起来，《穆天子传》里的全部事实可能都是武帝当时实在经历，只是换了地名和人名而已。

这样我们可以得一结论，就是不但《穆天子传》可证明是汉武帝时到西汉末年之间的作品，而穆天子也就是汉武帝，前面说过，《列子》曾取材于《穆天子传》。虽然因了《列子》里有佛教影响，现在人认为《列子》大部恐怕是晋代的作品，然而刘向最初校定的《列子》八篇里已有《穆天子传》的文字，因为《列子·叙录》说："《穆王》《汤问》二篇，迂诞恢诡，非君子之言也。"这样我们可以断定《穆天子传》的写成时期不会过晚，不是西汉末年才写成的。这篇记载既然是表彰武帝功德的，其写成时期又不会过晚，当然非常可能就是武帝时的。武帝时代是汉代制作伪造最盛的时代。《尚书》《诗经》《论语》《左传》《礼记》都发现于此时，其中伪作的成分都不少。又有全部伪作的，如《孝经》。而《竹书纪年》《山海经》《逸周书》等不用说大都也是这时候伪造的。《穆天子传》与《周书》《竹书纪年》后来同时被发现，其内容颇有相同之处，都是根据一部分周代史书材料写成的作品，近于小说家言。《汉书·艺文志》载有《虞初周说》943篇。虞初是河南洛阳人，武帝时以方士侍郎，为黄车使者，应劭说："其书以《周说》为本。"《史记》言虞初曾以方祠诅匈奴大宛。汲郡所发现的这一批书，似乎就性质与时代看起来，很可能就是虞初的《周说》。前面说过，汲郡发现的古冢不会是魏襄王冢。虞初是洛阳人，汲郡又是武帝时常巡游的地域，或者晋代发掘的就是虞初的坟，而《穆天子传》也就是虞初的作品。

《高僧传》里的国王新衣故事

《安徒生童话》里面有一篇《国王新衣》故事,在中国已普遍被人转译引用,而且一般人都以为这篇含有讽刺意味的作品,是欧洲童话里的杰作,殊不知这篇故事在一千多年前已见于中国记载了。顷检梁《高僧传》里鸠摩罗什的传记,顺手将这段故事抄录下来,以供儿童文学专家们参考:

> 俄而大师盘头达多不远而至。……师谓什曰:"汝于大乘,见何异相,而欲尚之?"什曰:"大乘深净,明有法皆空;小乘偏局,多滞名相。"师曰:"汝说一切皆空,甚可畏也;安舍有法,而爱空乎?如昔狂人,令绩师绩绵,极令细好,绩师加意,细若微尘,狂人犹恨其粗。绩师大怒,乃指空示曰:'此是细缕。'狂人曰:'何以不见?'师曰:'此缕极细,我工之良匠,犹且不见,况他人耶?'狂人大喜,

以付绩师，师亦效焉，皆蒙上赏，而实无物。汝之空法，亦犹此也。"

鸠摩罗什（Kumarajiva）于东晋建元二年（344年）生于龟兹。九岁时至罽宾，遇名德法师盘头达多（Vandhudatta）。《高僧传》说，盘头达多是罽宾王从弟，"渊粹有大量，才明博识，独步当时，三藏九部，莫不赅博，从旦至中，手写千偈，从中至暮，亦诵千偈，名播诸国，远近师之。什至，即崇以师礼，从受杂藏，中长二含，凡四百万言"。这故事如果是盘头达多说的，那样它至晚在4世纪初年业已存在，恐怕原来是印度的故事，而由《高僧传》的记载看来，至晚在6世纪初年业已传入中国了。

关于《白猿传》的故事①

前些日子，在报上看到广西发现南方巨猿头骨的消息。这是人类学上一个较重要的发现，解决了很久没有能够解决的这些古代动物究竟是人是猿的问题。我在这里不想谈人类学，但看了这则消息后，曾联想到古代广西也曾有过巨猿的传说。唐代的传奇小说里很著名的一篇叫作《白猿传》，就是讲一个广西民间故事。关于唐代传奇小说的产生时代，一般都认为是在中唐以后，但关于这篇小说，也有不少人说，就描写技术来看，应该是初唐作品。13世纪南宋末年陈振孙的《直斋书录解题》里又说，唐代人觉得当时的著名学者欧阳询貌类猕猴，常与长孙无忌互相嘲谑，遂因其嘲谑而作为小说；实际上，这故事其实同做过广州刺史的欧阳纥和他的儿子欧阳询并没有关

---

① 原载《人民日报》1957年4月2日第8版。

系，它的来源还应该在民间传说里去寻找。

南宋周去非的《岭外代答》里有一条是关于"桂林猴妖"的，这一段故事显然就是《白猿传》小说的所本。原文是这样：

> 静江府叠彩岩下，昔日有猴，寿数百年，有神力变化，不可得制，多窃美妇人，欧阳都护之妻亦与焉；欧阳设方略杀之，取妻以归，余妇人悉为尼。猴骨葬洞中，犹能为妖，向城北民居，每人至，必飞石，唯姓欧阳人来则寂然，是知为猴也。张安国改为仰山庙，相传洞内猴骨宛然，人或见，眼急微动，遂惊去矣。

这个传说里的欧阳都护并不是欧阳纥，我们可以引唐末莫休符的《桂林风土记》为证据。莫休符书里说这个欧阳都护是唐代灵川地方人，叫作欧阳普赞；莫休符的书写成于唐光化二年，公元899年；他的话应该是可以相信的；他的书也提到桂林城郊有岩洞，附近民居"往往见灵精，居者少宁，前政张侍郎废毁焉"；由此可见，桂林猴妖的故事在唐代当地是很流行的。

这个唐初安南都护欧阳普赞的时代是可以大致推算出来

的；因为唐初当地只有交州都督府，调露初年才改名安南都护府，至德初又改名镇南都护府，所以欧阳普赞的时代总在公元7世纪末左右。故事起源既在这时，《白猿传》传奇小说的写成当然更要晚了，所以这篇传奇的时代不会早于中唐以前。根据描写技术而认为《白猿传》是初唐作品的说法显然不能成立。

唐代传奇产生时代问题是我国文学史上较重要的问题之一，所以写下这点材料，供文学史家们参考。桂林附近岩洞过去既有巨猿传说，而且唐代人还说曾看见过它的骨骸，在广西的山洞里发现过巨猿头骨之后，这一点线索似乎也值得人类学家注意。

唐代新罗长人故事

《太平广记》引《纪闻》云:

又天宝初,使赞善大夫魏曜使新罗,策立幼主,曜年老,深惮之。有客曾到新罗,因访其行路。客曰:永徽中,新罗日本皆通好,遣使兼报之。使人既达新罗,将赴日本国,海中遇风,波涛大起,数十日不止,随波漂流,不知所届。忽风止波静,至海岸边,日方欲暮,时同志数船,乃维舟登岸,约百有余人。岸高二三十丈,望见屋宇,争往趋之。有长人出,长二丈,身具衣服,言语不通,见唐人至,大喜。于是遮拥令入宅中,以石填门而皆出去。俄有种类百余,相随而到,乃简阅唐人肤体肥充者,得五十余人,尽烹之,相与食啖,兼出醇酒,同为宴乐。夜深皆醉,诸人因得至诸院,后院有妇人三十人,皆前后风漂为所虏者。自言男子尽被食之，唯留妇人，使造衣服，汝等今乘其醉，何为不去，吾请道焉。众悦，妇人出其练缕数百匹负之，然后取刀，尽断醉者首。乃行至海岸，岸高，昏黑不可下，皆以帛系身，自缒而下，诸人更相缒下。至水滨，皆得入船。及天曙船发，闻山头叫声，顾来处，已有千余矣。络绎下山，须臾至岸，既不及船，吼振腾，使者及妇人并得还。

按此即希腊史诗《奥德修纪》（*Odyssseia*）里的长人故事，与原书所言并无若干差异。此处说使者"海中遇风，波涛大起，数十日不止，随波漂流，不知所届"，史诗里亦然。此处说，"至海岸边，日方欲暮"，史诗里也说他们日暮抵岸。此处说长人"以石填门"，史诗里也有此事，不过此处说长人一顿吃五十余人，史诗里长人只吃了六个。此处说长人酒醉，史诗也如此，不过此处说长人被杀，而在史诗里只是眼睛被弄瞎而已。又此处有几十妇人同逃，史诗里则是几十头羊，羊会变成女人，诚为妙事。

明代记载中的罗马史诗传说[①]

明代张燮的《东西洋考》里关于吕宋(菲律宾)部分有一段关于西班牙人如何侵占该地的记载:

> 有佛朗机者,自称干系蜡国,从大西来,亦与吕宋互市。酋私相语曰,彼可取而代也。因上黄金,为吕宋王寿,乞地如牛皮大,盖屋,王信而许之,佛朗机乃取牛皮,翦而相续之,以为四围,乞地称是。王难之,然重失信远夷,竟予地,月征税如所部法。佛朗机既得地,筑城营室,列铳置刀盾甚具。久之,围吕宋,杀其王,逐其民入山,而吕宋遂为佛朗机有矣。

这一段里关于西班牙人如何施展巧计,先说要一张牛皮大

[①] 原载《读书》1979年第4期。

的一块小地，然后把一张牛皮剪成细条，围起一大片地方，在那里筑起城堡的这个故事是很有趣的。这个故事首先出现在罗马诗人维吉尔（Virgilius）的史诗《埃尼阿纪》（*Aeneid*）里。这部史诗共十二卷，叙述从特罗（Troy）城逃出的英雄埃尼阿（Aeneas）如何到了意大利，重建城邦（Lavinium），这就是后日罗马的起源。手头没有原书，只记得这个用牛皮围地的故事是在史诗的后半，即在埃尼阿与当地英雄突尔努斯（Turnus）发生冲突之时。菲律宾的西班牙殖民者熟悉这段古罗马史诗里的故事是不足为奇的，维吉尔也是家喻户晓的古代诗人；也许西班牙殖民者初来菲律宾时，确实重复使用了这个计策来骗当地人，但更可能是并无此事，他们不过在后来的当地传说里引用了维吉尔的史诗里的故事而已。

改头换面的外国民间故事[①]

在我国过去的笔记小说里,许多外国著名的民间故事都被改头换面,变成中国故事了,下面是随手摘录的几个例子。

元代陶宗仪的《南村辍耕录》卷二十四有一条"误堕龙窟":

> 徐彦璋云,商人某,海舶失风,飘至山岛,匍匐登岸,深夜昏黑,偶坠入一穴,其穴险峻,不可攀援。比明,穴中微有光,见大蛇无数,蟠结在内,始甚惧,久稍与之狎,蛇亦无吞噬意。所苦饥渴不可当,但见蛇时时舐石壁间小石,绝不饮啖,于是商人亦漫尔取小石噆之,顿忘饥渴。一日,闻雷声隐隐,蛇始伸展,相继腾升,才知其为神龙。遂挽蛇尾得出,附舟还家。携所噆小石数十至京城,示识者,皆鸦鹘等宝石也,乃信神龙

[①] 原载《人民日报》1989年4月4日第8版。

之窟多异珍焉。自此货之致富。彦璋亲见商人，道其始末如此。

这当然就是《天方夜谭》里辛巴达水手的故事，看来是陶宗仪的朋友从当时南海到过外国的商人那里听来的，只是原来本是民间故事，到他这里变成一段真事了。同《天方夜谭》里所说也有不完全相同的地方：原来水手也遇到蛇，但不是在石窟里，带他出来的是大鸟，也不是神龙，如此而已。《天方夜谭》近一二世纪始有定本，我国翻译介绍这些故事是在清末民初，所以可见这个故事在几百年前已由口述早传到中国了，也许徐彦璋所见到的那个商人，不是中国商人，而是一个阿拉伯商人，他讲了这一段故事，故意说是自己亲身经历的。

希腊古代关于特洛伊木马的故事是大家都熟悉的。我国的《水经注》里有一段秦王灭蜀的故事，说是张仪为秦王设计，做了一个大金牛，蜀王想把金牛拖走，秦派壮士在后面跟去，由于有金牛带路，秦王才经过蜀道灭了蜀国。一直到今天，成都还有金牛坝的地名，几千年来一直有这个民间故事流传。这两段传说显然也是同一个。张仪和奥德修斯同是善用智谋的代表人物。《水经注》是北魏时代的书，用金牛灭蜀的传说故事可能在当地流传还要更早，也许在秦汉时代，木马计的故事早已传到中国来了。

过去我还摘引过许多其他中外民间故事，说明其来自一源，如唐代《酉阳杂俎》里有一段西方的著名"扫灰娘"辛德瑞拉故事。在中国传说里，这位姑娘名叫叶限，好像与德文名字来自一源。只是这个故事在中国变成西南少数民族的故事了。《酉阳杂俎》里还有英雄降龙故事，同德国古代的尼贝龙根传说也差不多。唐孙的《幻异志》里有"板桥三娘子"故事，同《荷马史诗》《奥德修纪》第十卷巫女竭吉使人变猪，以及其他欧洲古代传说使人变驴的故事显然也来自一源。我国民间故事讲薛平贵从军受苦，他的妻子守节许多年，薛平贵终于衣锦荣归，这段故事同格林童话里的《熊皮》故事也是完全一样，而且按照日耳曼古文读音，薛平贵也就是熊皮的意思。以上等等中外相同的故事，我在过去所写笔记里都已说过，这里就不详细摘录了。

中外许多民间故事都来自同一来源这种现象说明一个问题，就是从遥远古代起，我国人民就同其他国家人民有不断来往和文化交流。虽然过去交通十分不便，但不同国家人民之间的来往从未隔断过。不管是地理因素还是政治因素，这种人民之间的文化思想交流是很难被完全断绝的，所以闭关锁国的做法总是行不通的。没有大道新闻，就会有小道新闻。这些口述流传的民间故事在当时也算是一些小道新闻吧，即使在流传中间，有点改头换面，但总还是传过来了。

中国的扫灰娘故事

偶检《酉阳杂俎·支诺皋》，发现一篇欧洲著名的故事，兹录于下：

南人相传，秦汉前有洞主吴氏，土人呼为吴洞。娶两妻，一妻卒，有女名叶限，少惠，善陶金，父爱之。末岁父卒，为后母所苦，常令樵险汲深。时尝得一鳞二寸余，赪鬐金目，遂潜养于盆水，日日长，易数器，大不能受，乃投于后池中。女所得余食，辄沉以食之。女至池，鱼必露首枕岸。他人至不复出。其母知之，每伺之，鱼未尝见也，因诈女曰："尔无劳乎，吾为尔新其襦。"乃易其弊衣。后令汲于他泉，计里数百也。母徐衣其女衣，袖利刃行向池呼鱼，鱼即出首，因斫杀之。鱼已长丈余，膳其肉，味倍常鱼，藏其骨于郁栖之下。逾日，女至向池，不复见鱼矣，乃哭于野。

忽有人被发粗衣,自天而降,慰女曰:"尔无哭。尔母杀尔鱼矣。骨在粪下,尔归,可取鱼骨藏于室。所须第祈之,当随尔也。"女用其言,金玑衣食随欲而具。及洞节,母往,令女守庭果。女伺母行远,亦往,衣翠纺上衣,蹑金履。母所生女认之,谓母曰:"此甚似姊也。"母亦疑之,女觉,遽反,遂遗一只履,为洞人所得。母归,但见女抱庭树眠,亦不之虑。其洞邻海岛,岛中有国名陀汗,兵强,王数十岛,水界数千里。洞人遂货其履于陀汗国,国主得之,命其左右履之,足小者履减一寸。乃令一国妇人履之,竟无一称者。其轻如毛,履石无声。陀汗王意其洞人以非道得之,遂禁锢而拷掠之,竟不知所从来。乃以是履弃之于道旁,即遍历人家捕之,若有女履者,捕之以告。陀汗王怪之,乃搜其室,得叶限,令履之而信。叶限因衣翠纺衣,蹑履而进,色若天人也。始具事于王,载鱼骨与叶限俱还国。其母及女即为飞石击死,洞人哀之,埋于石坑,命曰懊女冢。洞人以为禖祀,求女必应。陀汗王至国,以叶限为上妇。一年,王贪求,祈于鱼骨宝玉无限。逾年不复应,王乃葬鱼骨于海岸,用珠百斛藏之,以金为际,至征卒叛时,将发以赡军。一夕为海潮所沦。成式旧家人李士元所说。士元本邕州洞中人,多记得南中怪事。

这篇故事显然就是西方的扫灰娘（Cinderella）故事。段成式是9世纪人，可见这段故事至迟在9世纪或甚至在8世纪已传入中国了。篇末说述故事者为邕州人，邕州即今广西南宁，可见这段故事是由南海传入中国的。据英人柯各斯（Marian Rolfe Cox）考证，这故事在欧洲和近东共有三百四十五种大同小异的传说。可惜这本书现在无法找到，在欧洲最流行的两种传说见于17世纪法人培鲁（Perrault）的故事集和19世纪初年德人格灵姆兄弟（Grimm）的故事集里。据格灵姆的传说，这位"扫灰娘"名为Aschenbrde。Aschenl一字的意思是"灰"，就是英文的Ashes，盎格鲁萨克逊文的Aescen，梵文的Asan。最有趣的就是在中文本里，这位姑娘依然名为叶限，显然是Aschen或Asan的译音。通行的英文本是由法文转译的，其中扫灰娘所穿的鞋是琉璃的，这是因为法文本里是毛制的鞋（Vair），英译人误认为琉璃（Verre）之故。中文本虽说是金履，然而又说"其轻如毛，履石无声"，大概原来还是毛制的。

《酉阳杂俎》里的英雄降龙故事

唐段成式的《酉阳杂俎》里还有一段英雄降龙故事如下:

> 古龟兹国王阿主儿者,有神异力,能降伏毒龙。时有贾人买市人金银宝货,至夜中,钱并化为炭,境内数百家皆失金宝。王有男先出家,成阿罗汉果,王问之,罗汉曰:"此龙所为,龙居北山,其头若虎,今在某处眠耳。"王乃易衣持剑,默出至龙所,见龙卧,将欲斩之。因曰:"吾斩寐龙,谁知吾有神力?"遂叱龙,龙惊起,化为狮子,王即乘其上。龙怒作雷声,腾空至城北二十里。王谓龙曰:"尔不降,当断尔头。"龙惧王神力,乃作人语曰:"勿杀我,我当与王乘,欲有所向,随心即至。"王许之。后常乘龙而行。

龟兹今库车地,古代西域大国,当北道要冲,初役属匈奴,后役属突厥,唐代安西都护府也在这里。龙所居的北山应即是著名的白山。《新唐书·龟兹传》云："北倚阿羯田山（Aktakh），亦曰白山，常有火。"《水经注》引道安《西域记》云："屈茨北二百里有山，夜则火光，昼日但烟。人取此山石炭，冶此山铁，恒充三十六国用。"这也就是突厥的金山。后魏太武帝灭北凉时，相传有阿史那以五百家奔金山，为蠕蠕铁工。阿史那就是日后突厥的祖先。希腊史称此山为Ektel，释其意为金。按今日土耳其文称铁为Utulu，大概是同一字，因火山而附会出喷火毒龙的传说，金宝化为炭的传说，大概也因此山产炭用以冶铁的事实而来。

我认为这一段故事即是西方尼别龙（Nibelung）故事的来源。这里降龙的王即是西方传说里的英雄Sigurd。王降龙时易衣持剑，暗示着某种神异的衣和剑，在西方日耳曼史诗里也有神衣（Tarmkaphe）和神剑（Balmungo）的传说。据西方学者考证，西方的尼别龙传说本于匈奴王阿提拉（Attila）的故事，加以附会。这个王的名字在古日耳曼传说里做Etzil，同这里王名阿主儿正合。匈奴王阿提拉相传有战神所赐的宝剑，这也同史诗里所说相同。汉末北匈奴残部居龟兹，地方数千里，即今库车北金山一带。突厥的始祖相传在5世纪初奔金山。阿史那与Etzil音近，时间也和匈奴王Attila相同。也许所谓突厥祖先阿史那本无其人，而是出于匈奴王阿提拉的传说，因为突厥本是匈奴的遗裔。

板桥三娘子

唐孙頠《幻异志》里有板桥三娘子故事,是唐代中西交通史内一段重要资料,原文虽长,似还值得抄录下来:

唐汴州西有板桥店,店娃三娘子者,不知何从来,寡居,年三十余,无男女亦无亲属。有舍数间,以鬻餐为业,然而家甚富贵,多有驴畜,往来公私车乘有不逮者,辄贱其估以济之,人皆谓之有道,故远近行旅多归之。元和中,许州客赵季和,将诣东都,过是宿焉。客有先至者六七人,皆据便榻。季和后至,得最深处一榻,榻邻比主人房壁。既而三娘子供给诸客甚厚,夜深致酒,与诸客会饮极欢。季和素不饮酒,亦预言笑。至二更许,诸客醉倦各就寝,三娘子归室,闭关息烛,人皆熟睡,独季和辗转不寐。隔壁闻三娘子窸窣若动物之声,偶于隙中窥之,即见三娘向覆器下，取烛挑明之，后于巾箱中取一副耒耜，并一木牛，一木偶人，各大六七寸，置于灶前，含水噀之，二物便行走。木人则牵牛驾耒耜，遂耕床前一席地，来去数出。又于巾箱中取出一裹荞麦子，授于木人种之，须臾生，花发麦熟，令木人收割，持践可得七八升，又安置小磨子硙成面。讫却收木人子于箱中，即取面作烧饼数枚。有顷鸡鸣，诸客欲发，三娘子先起点灯，置新作烧饼于食床上，与诸客点心。季和心动，遽辞开门而去，即潜于户外窥之。乃见诸客围床食烧饼，未尽，忽一时踣地作驴鸣，须臾皆变驴矣。三娘子尽驱入店后，而尽没其货财。季和亦不告于人，私有慕其术者。后月余日，季和自东都回，将至板桥店，预作荞麦烧饼，大小如前，既至复宿焉，三娘欢悦如初。其夕更无他客，主人供待愈厚，夜深殷勤问所欲。季和曰：明晨发，请随事点心。三娘子曰，此事无疑，但请稳便。半夜后，季和窥见之，一依前所为。天明，三娘子具盘食，果实烧饼数枚于盘中，讫更取他物，季和乘间走下，以先有者易其一枚，彼不知觉也。季和将发就食，谓三娘子曰：适会某自有烧饼，请撤去主人者，留待宾客，即取己者食之。方食次，三娘子送茶出来。季和曰，请主人尝客一片烧饼，乃拣所易者与唼之。才入口，三娘据地作驴声，即立变为驴，甚壮健。季和即乘之发,兼尽收木人未耜木牛等,然不得其术,试之不成。季和乘策所变驴,周行他处,未尝阻失,日行百里。后四年乘入关,至华岳关东五六里,路旁见一老人拍手大笑曰:板桥三娘子,何得作此形骸。因捉驴谓季和曰:彼虽有过,然遭君亦甚矣!可怜许请从此放之。老人乃从驴口鼻边,以两手擘开。三娘子自皮中跳出,宛复旧身,向老人拜讫走去,更不知所之。

按此故事源出西方,最早的记载怕要算希腊的《奥德修纪》(*Odysseia*)史诗第十卷里面巫女竭吉(Kirke)的故事,在那段故事里,竭吉是埃雅岛(Aeaea)的巫女,能使人变为猪。也是有一群客人,其中只有一人尤瑞洛(Eurylochos)未曾被害。竭吉也是用麦饼款待他们,他们吃完,就变成了猪。

> 她立刻出来,打开了石门
> 欢迎他们,他们都随她走,
> 尤瑞洛怕有诡计没有去。
> 她带他们进去请他们坐,
> 给他们乳酪麦饼和蜂蜜
> 和婆罗尼酒,食物里加上迷药,

使他们忘记了故乡。

她给他们酒,吃完了立刻

用杖一击就都驱入猪栏;

他们有猪的头,猪的啼声,

猪的鬃毛,身体,而心不变。

(《奥德修纪》第十卷第二百三十行至第二百四十行)

此故事又见于罗马阿蒲流(Apuleius,又译阿普列乌斯、阿普列尤斯)的《变形记》(*Metamorphoses*,又译《金驴记》)。阿蒲流在2世纪时生于非洲北部的马都剌城(Madaura)。他的"人变驴"故事自叙是本于古代传说,大概本来是流传于近东地方的民间故事,书中使人变驴的巫女叫作潘毗累(Pamphile)。除去史诗《奥德修纪》与《变形记》,其他"人变驴"的故事在欧洲还很多,不过这两个是最早和最著名的记载。

宋赵汝适《诸蕃志》"中理国"条载,其国"人多妖术,能变身作禽兽,或水族形,惊眩愚俗。番舶转贩,或有怨隙,作法咀之,其船进退不可知。"中理国是今日非洲苏马里地方(Somaliland)沿岸,并包括索科特剌岛(Socotra)一带的古代地名,即大食人所称的僧祇地方(Zangibar);现在非洲东岸还有一小部分地方存其旧名。僧祇的原意为黑奴,即唐代昆仑奴,中理国北与弼琶啰(Berbera)连界,南抵木骨都束(Mogadoxo),"能变身作禽兽"的妖巫大概是出于索科特剌岛。阿蒲流的人变驴故事既来自非洲,应即源于此岛。《奥德修纪》里巫女所居的埃雅岛,以其方向考之,应当也就是索科特剌岛。《马可波罗游记》第一八四章记索科特剌岛事有云:"并应知者,世界最良之巫师即在此岛。大主教固尽其所能,禁止此辈作术,然此辈辄言祖宗业已如此,我辈特效祖宗所为耳。此辈巫术,请言一事以例之,如有船舶乘顺风张帆而行者,此辈能咒起逆风,使船舶退后,彼等咒起风云,唯意所欲,可使天气晴和,亦可使风暴大起,尚有其他巫术,不宜在本书著录也。"这使人变驴的巫术大概就是"不宜在本书著录"的一种。《奥德修纪》又说巫女竭吉是海神的后裔,能作法使船任意进退,与此传说也相符合。《诸蕃志》又说中理国人"日食烧面饼",这应该也就是三娘子荞麦烧饼的来源。

清王士禛《陇蜀余闻》说:"唐人记板桥三娘子事,甚怪异。板桥,在今中牟县东十五里。白乐天诗,'梁苑城西三十里,一渠春水柳千条。若为此路今重过,十五年前旧板桥'。李义山亦有《板桥晓别》诗,皆此地。"这一段考证可谓不得要领。王士禛只知道板桥是唐代相当重要地名,而不知其原因,《宋史·食货志下》注称:元丰五年,"知密州范锷言,板桥濒海，东则二广、福建、淮、浙，西则京东、河北、河东三路，商贾所聚。海舶之利颛于富家大姓。宜即本州置市舶司，板桥镇置抽解务。……元祐三年，……乃置密州板桥市舶司"。由此可见板桥在唐宋间是交通要冲，海舶财货所聚，大食人由南海到中国贩卖黑奴及货物，多经此处。板桥三娘子的故事显然是与唐宋时著名的昆仑奴同来自非洲东岸，被大食商人带到中国来的。当时或有大食商人由板桥经过，为行路人述说故事，所以此故事在板桥流传下来。

附记：

这一篇也是抗日战争期间在北碚国立编译馆工作时写的。当时我的工作是翻译司马光的《资治通鉴》。编译馆是一个闲散机关，只是为了养一些知识分子，免得他们出去捣乱。翻译了书也没地方出版。我自己还年轻，生活有朋友的照顾，家累也不重，所以闲下来读书的时间也很多。好朋友里研究中外交通史的向达（向觉明）对我影响最大，虽然并不在一起，但常常通信。他把他名字觉明译成梵文的"佛陀耶塞"给我写信，我也开玩笑，把我的名字宪益译成"达磨伐弹那"来回信。通过向觉明，我看了许多冯承钧先生的译著。我对冯先生非常敬重，后来听说冯先生因贫困而死，死后连买棺材的钱都没有，靠朋友救济，心里非常气愤。于是，就给向觉明兄写了一封长信，决心要放弃做学问，投身于当时青年人的反蒋运动。

在西方，人变驴的故事传播很广，在莎士比亚的喜剧《仲夏夜之梦》里也有这个故事，都是中古时期或更早从中东一带传过来的。当然也有其他像蛇精变人的故事，如我们这里的《白蛇传》。我从那时起，曾收集过不少这样的民间故事，也写过十来篇，可惜后来改行了。民俗学和中西交通史是一个大题目，这里就以一首打油诗打住吧。诗曰：

　　学成覆水叹难收，译事辛勤换打油。

　　恰似狗熊掰棒子，一茬咬罢一茬丢。

附记载《寻根》2000年第2期

薛平贵故事的来源[①]

我国民间传说的薛平贵故事来源甚古,过去人都以为是由薛仁贵故事转变出来的。实则以薛仁贵为中心的旧剧《汾河湾》,绝不如以薛平贵为中心的旧剧《武家坡》在民间传说里占有势力,恐怕《汾河湾》反倒是根据《武家坡》改编的。薛平贵故事显然是人民喜爱的古代传说,王家三位姑娘,金川、银川、宝川的命名,以及剧中若干穿插都带有民间的朴实的风味,虽然薛平贵故事不见于元曲,然而可能在元代以前就存在而只流传在西北一带。京剧的《武家坡》本是由秦腔借来的,其事既不出正史而偏偏附会到唐代,且提到西凉,所以故事可能是唐宋间西北边疆的产物。

在格林兄弟的童话里,我们可以发现一个非常相像的故事

---

① 原载《寻根》2000年第3期。

名为《熊皮》。故事大致说有一军士,在非常困苦的处境里,遇一妖人,给他一张熊皮,叫他七年不得沐浴修饰,此后便可赢得极大财富终身无忧。这军士后来到一人家,当地有三姊妹均甚美貌,大姊二姊都嫌他丑陋,唯有三妹因他援救了她的父亲情愿嫁给他。结婚后熊皮军士将一指环剖分为二,以一半交他妻子作为凭证,又去漫游四方。他的妻子穿上敝衣,任凭她两位姐姐嗤笑,守节数年。七年期限满了,那军士衣锦荣归,她们都不认得他,他取出指环,认了他的妻子,大姊二姊羞愧而死。

我们当然可以说东西民间传说偶合得很多,不过我们如研究一下这德国故事的名称,便可知道这两个故事必出自一源。熊皮(The bear hide)的译音在古代北欧语里与薛平贵三字的音竟完全相同。the字古文作Se,相当于中文的"薛"音,bear在现代冰岛与瑞典文里还作björn,相当于中文的"平"音,hide在冰岛文里作Huo,丹麦文里作Hium,古希腊文作Kutos,可见古代当读若Kuid,相当于中文的"贵"音,所以Se Björn Kuid也就是薛平贵。这故事如果是唐宋间出现的,它又初见于秦腔,且长安附近有武家坡的地名,则必又由欧洲经西域古道传过来的,当时回鹘在西北边疆为中西文化交通的媒介,所以薛平贵是回鹘人传过来的欧洲故事。

元曲里有《薛仁贵衣锦荣归》，应即是《汾河湾》之所本，然此并不足证明《汾河湾》早于《武家坡》。如前所说，薛平贵故事起源可能甚早，大概到元代，薛平贵业已被一些人改成薛仁贵了。唐史里并无薛仁贵衣锦荣归的故事，可见元曲所根据的本是民间传说。

附记：

这一篇也是在编译馆时写的读书笔记。我当时写过不少有关中外民间传说的笔记，如关于《酉阳杂俎》里的扫灰娘故事，关于大人国故事，关于降龙故事，关于特洛伊木马故事等，不必重说。不过对考证中利用中外对音的问题，倒可以再说几句。中外学者在考证中常常利用中外对音这个方法，如法国的汉学家伯希和、沙畹，日本的白鸟库吉、藤田丰八，美国的劳费等。但是用对音考证必须谨慎从事。我国学者，如已故的岑仲勉先生，学问很好，对唐史有很深的研究，做出了很大贡献，但他利用对音考证，有时也过分大胆。我这篇考证，用北欧语来证明《熊皮》这个故事名称与薛平贵这个人名是一回事，也有点想入非非。现在说美洲的印第安人是殷代的移民，印地就是殷地，安就是安阳，也未免失之过简。我在牛津大学时有一位中国同学，读书并不用功，一天却忽发奇想，对我说:"中国文字同英文是一源。你看中文的石头不是同英文的stone一个音吗?"一时传为笑谈。重看我这篇文章,又不禁想起这件小事。诗曰:

> 殷地美洲莫须有,石头英文将无同。
> 中外对音随便用,小楼昨夜又东风。

金花小娘

在《民间保存的唐西凉伎》一文里,我曾提到苏州社戏里有一神祇,叫作金花小娘。顷检《南越笔记》等书,发现关于此神的一些记载,兹照录如下。李调元《南越笔记》载:

> 广州多有金花夫人祠。夫人字金华,少为女巫,不嫁,善能调媚鬼神。其后溺死湖中,数日不坏,有异香,即有一黄沉女像,容貌绝类夫人者浮出,人以为水仙,取祠之,因名其地曰仙湖。祈子往往有验,妇人有谣云:"祈子金华,多得白花,三年两朵,离离成果。"越俗今无女巫,惟阳春有之,然亦自为女巫,不为人作女巫也。盖妇女病辄跳神,愈则以身为赛,垂盛色,缠结非常。头戴鸟毛之冠,缀以璎珞,一舞一歌,回环宛转,观者无不称艳,盖自以身为媚,乃为敬神之至云。女巫,琼州特重,每神会,必择女巫之

姣少者，唱蛮词，吹黎笙以为乐。人妖淫而神亦尔，尤伤风教。

胡朴安编辑的《全国风俗志》，内容颇芜杂，亦有关于广东金花夫人的记载，惜未注明出处，其文如下：

> 广东金花夫人庙最多，其说不一，或曰金花者神之讳也，本巫女，五月观竞渡，溺于湖，尸旁有香木偶，宛肖神像，因祀之月泉侧，名其湖曰仙湖。或曰神本处女，有巡按夫人方娩，数日不下，几殆，梦神告曰，请金花女至则产矣，密访得之，甫至署，果诞子，由此无敢婚神者，神羞之，遂投湖死，粤人肖像以祀，呼金花小娘，后以能佑人生子，不当在处女之列，故改称夫人云。神诞为四月十七日，画舫笙歌，祷赛极盛云。

从这两段记载看来，苏州社戏里的金花小娘是南越的神祇，由广东移植到湖北来的，《南越笔记》也提到广州城里有金华夫人庙，月泉就在金华夫人庙神座下，有巨石覆之。

妇人祈子的歌谣说："祈子金华，多得白花。"（见前）

白花也就是男子的意思。因为《南越笔记》又载:"越人祈子必于花王父母,有祝辞云,白花男,红花女。故婚夕亲戚皆往送花,盖取诗'华如桃李'之义。"又载:"海丰之俗,元夕于江干放水灯,竞拾之,得白者喜为男兆,得红者谓为女兆。"这由民俗学的观点来看,也是颇有趣味的。

金花夫人五月观竞渡溺于湖,令人想起曹娥的传说,恐怕原来是一件事。金花夫人与送子娘娘的传说恐怕也有关。

从最近某报上一段兰州通讯里,看到兰州也有金花小娘的崇拜,兰州且有金花小娘庙,大概也是由南方传去的。

红梅旧曲喜新翻[①]
——昆曲《李慧娘》观后感

前些天看了北昆演出的《李慧娘》,看完颇为兴奋,觉得这是近年来看到的一部好戏。《李慧娘》本来是一个很凄艳动人的好故事,但是明代周朝俊的《红梅记》写得却并不太高明,戏剧结构既不谨严,文采也有限,其中封建糟粕又太多,过去不同地方戏里已经做过不少次改编,这次孟超同志的改编本显然是最好的一个。这是昆曲剧目中继《十五贯》之后,贯彻党的"百花齐放,推陈出新"政策的又一次可喜的尝试。观众对这样的改编是欢迎的。孟超同志的成就是值得庆贺的。

明清传奇是我国宝贵文艺遗产的一部分,但是明代人写的传奇里面精华虽值得借鉴吸取,无聊的俗套确也很讨厌。这些

---

① 原载《剧本》1961年第10期。

封建时代的文人往往忘记了他们是在写戏,戏是要演出给人看的;他们不太注意剧本结构,反而往往把故事弄得过分复杂,一部戏总要写成几十出,结果无法演出整个戏,只能演出其中的几折。《螾庐曲谈》说周朝俊所写的《红梅记》"今人所知者,唯脱阱鬼辩算命三折耳",所以整部传奇无法上演。不但现在如此,过去也是这样。我们如果要利用这一部分戏剧遗产,加以改编并大大删节其芜杂之处是完全必要的。《十五贯》剧本的改编也是大胆去掉其中次要的一条线,只保存一条线,而获得成功的。现在周朝俊《红梅记》的改编,把卢昭容小姐这一部分故事完全去掉,就是说,把全剧三十四出的四分之三都加以删除,只留下原剧的四分之一,这种处理是完全正确的,因为李慧娘故事这一部分虽在原作中是次要的一条线,但确是全剧精华所在。我觉得明清传奇大部分都可以按照《十五贯》和《李慧娘》的办法处理,在去芜存精之后,我们一定会发现许多可以上演的好戏。

当然明代周朝俊的贡献也不可全部抹杀。李慧娘故事最早见于明初瞿宗吉的《剪灯新话》里的《绿衣人传》,只有这样一段:"秋壑(贾似道)一日倚楼闲望,诸姬皆侍。适二人乌巾素服,乘小舟由湖登岸,一姬曰,美哉二少年!秋壑曰,汝愿事之耶?当令纳聘。姬笑而无言。逾时,令人捧一盒,呼诸姬至前，曰，适为某姬纳聘。启视之，则姬之首也。诸姬皆战栗而退。"这段故事在原来小说里是从一个女鬼口中听来的。周朝俊因此就创造了李慧娘死后阴魂不散，挽救了裴生，又增加了"幽会""鬼辩"等部分，这都是非常好的。这个故事所以广泛流传下去，为人民所喜爱，也正是由于周朝俊所增加的这些情节。

过去许多地方传统戏曲中都有这一故事。我看到川剧传统剧本《红梅阁》，还保留了卢昭容这一部分情节，与原作《红梅记》相较，变动不大，只是从三十四折减少为二十一场，还是相当冗长，也保留了不少原作文字，在秦腔传统剧目里，这部戏叫作《游西湖》；这里卢昭容这一条线就已经删去了，李慧娘的故事已成为全剧主要内容。在江西传统剧目里，这部戏还叫作《红梅阁》，但内容也与卢昭容无关，变成了李慧娘赠梅了。我还看到秦腔《游西湖》解放后的两个改编本，我感到只是把原作《红梅记》略为压缩了一下，其他几个本子都有不少可取之处。现在孟超同志参考了过去的改编本，写出了新剧本，加强了剧本的思想性，并使戏剧结构更加完整，当然比以前几个改编本都要好；但是传统戏曲的去芜存精、推陈出新是一件极其细致的工作。我觉得我们还可以在这里把几个改编本比较一下，看看还有没有可以商榷增减之处。我对于戏曲完全是外行,这里所说的外行话,只是聊供参考而已。

秦腔《游西湖》我看到的解放后的两个改编本子,都是十四场,马健翎改编本把故事改为李慧娘和裴生原是邻居,互相爱慕,慧娘被贾似道霸占做妾。后来贾似道要将慧娘处死,另外有一个孙蕊娘帮助慧娘,令她假死,后来救了裴生,又放了一把火,大闹一场。我过去还看过京剧《红梅阁》,也是根据这个秦腔改编本,这个本子的优点是加强了故事中慧娘和裴生的爱情基础,取消了阎王等迷信成分;但是我觉得把慧娘和裴生改为从小相识还是没有必要的,增加孙蕊娘和园丁等人也是没有必要的,把慧娘鬼魂出现改为慧娘假死装鬼尤其是大煞风景,使原剧的戏剧气氛减色不少。

另一个秦腔本子是陕西省戏曲剧院改编的。这个本子保存了原作慧娘鬼魂出现的故事,把慧娘和裴生的关系写成二人偶遇,慧娘赠梅,这样来加强二人的爱情基础;后半又特别注意到秦腔的吹火、扑跌等特有表演技术来加强戏剧气氛。我个人认为这个本子比前一个要好,但是场面还是零碎一些,贾似道抢亲而裴生一筹莫展,看起来也太软弱;最后使用吹火等技术来增加戏剧性,也不是最好办法。

江西传统剧本《红梅阁》,我觉得优点较多。人物比较集中,场面较少,只有八场;故事一上来就是游湖,李慧娘也丢给裴生一枝梅花,但是在湖上遗下的。这样既使得慧娘和裴生的爱情有了一定基础,又减少了秦腔剧本中开头几场不必要的情节。缺点是保存了原剧中"幽会"一场和"闹判"一场,都无必要。最后收尾不在"鬼辩"一场,而又加上"分别"一场,也使得戏剧从高潮又转到低潮,效果上恐怕不太好。

现在孟超同志改编的新本子优点确实比这些过去本子要多。首先在剧本结构方面,一共只有"豪门""游湖""杀妾""幽恨""救裴""鬼辩"六场,不但比秦腔剧本要简洁精练,比江西的八场本也更好,故事比较集中,层次也明朗,没有多少不必要的东西。其次在思想内容方面,由于突出了爱国意识,整个戏的风格较高,已经不是一个只描写儿女柔情、私人恩怨的故事,李慧娘和裴生两人也成为有勇气、有正义感的人物,敢于面对强暴做坚决斗争。"闹判""幽会"等风格不高的场面也都去掉了。我们可以说,经过多次洗练,孟超同志的改编本已经完全去掉了原作的糟粕。

现在问题就是:孟超同志的新本子是否还有美中不足之处?过去的几个改编本子里面是否还有些优点应该保留下来?

我觉得这个新本子主要的缺点就是李慧娘和裴生的爱情基础被缩减了;剧中虽也提到李慧娘对裴生的爱慕,但是有些突然,有些微嫌不足。裴生对慧娘的爱情就更说不上了。这样一来，戏剧的浪漫主义气氛好像不如原作；慧娘和裴生两个人物的性格也显得太单纯一些，人物性格的刻画似乎还不够深刻。剧本强调爱国主义思想，强调慧娘和裴生的不畏强暴和正义感，从大处着眼，都是好的；但是似乎不应该取消了爱情。

在一个戏里，随着戏剧情节的发展，人物性格也应该有所发展。如果李慧娘一开头就是终日以泪洗面，对贾似道存有戒心的性格，她会不会在陪伴贾似道游湖时，脱口说出"美哉少年"的话呢？如果开头把慧娘描写得少不更事，不知人间忧患，比较天真活泼，是不是更自然一些？

周朝俊的原作叫作《红梅记》，这个名字是由卢昭容赠梅一段情节而来；过去秦腔改编本和江西本子都改为李慧娘遗下梅花一枝，我觉得这段情节似可考虑保留。如果李慧娘在湖上对裴生一见钟情，除了说"美哉少年"一句话外，还有意无意地遗下红梅一枝，裴生把梅花保存起来，怀念湖上遇到的美人，这样可以加强一些两人的爱情基础，否则"救裴"一场里李慧娘的唱词"断头缘，没下梢，从今后你做了乱离常皋，俺成了睡枯坟、害相思、孤零零的玉箫"就太突然了。如果在"游湖"一场里把二人的一见钟情强调一些，贾似道的暴怒也就显得更自然。贾似道固然险毒残暴，但是李慧娘究竟是他花钱买来的爱姬，他决定杀掉李慧娘也需要有足够根据。

如果加上慧娘在湖上留下红梅一枝的一段情节，剧本不如还就叫作《红梅记》，似乎比《李慧娘》要响亮一些。

现在的剧本在结构上已经简练，但是第一场"豪门"是不是完全必要呢？我还是觉得江西传统剧本一开头就是"游湖"，做法很好。增加"豪门"一场是为了加强关于贾似道的描绘，但是这方面的描写也完全可以放在"游湖"这场里。如果这六场戏改为五场，我看戏剧效果还会更加集中有力。

以上拉拉杂杂的一些意见不一定对。总的来说，我认为孟超同志的这个改编本是相当成功的；在若干细节方面当然总还可以做些加工，使得剧本更加完善。我希望在我们百花齐放的大好时代能够更多出现这样的好戏。

《水浒传》古本的演变

胡适之、俞平伯、郑振铎诸先生为《水浒传》的古本做过许多极有价值的考证，我这里只是再加上几条我所见到的记载，并予以我之新解释而已。

胡适之先生说："《水浒传》乃是从南宋初年到明朝中叶这四百年的梁山泊故事的结晶。"后来胡适之先生又承认明初有一部原百回本《水浒传》。其实我以为《水浒传》的成书似乎应该再提早一点。元贾仲名的《续录鬼簿》说："罗贯中，太原人，号湖海散人。与人寡合。乐府隐语，极为清新，与余为忘年交。遭时多故，天各一方。至正甲辰复会，别后又六十年，竟不知其所终。"至正甲辰是至正四年即1344年。贾仲名是罗贯中的朋友，而贾仲名在甲辰以后六十年还健在，所以罗贯中也可能活到元末或明初。贾仲名与罗贯中是经了长期间的离别，在甲辰复会的，所以贾仲名与罗贯中做朋友大概总在甲辰以前许多年就开始了,这样我们又可推算罗贯中大概生于至正甲辰前二三十年。结论是罗贯中应生于14世纪初年,是元末人。原百回本《水浒传》如果是罗贯中作的,应写成于元末或明初。

不过《水浒传》又有为施耐庵所作的一说。胡适之先生认定元代不能产生这样好的作品,而说"从文学进化的观点看起来,这部《水浒传》,这个施耐庵,应该产生在周宪王的杂剧与《金瓶梅》之间……施耐庵大概是乌有先生、亡是公一流的人,是一个假托的名字。明朝文人受祸的最多。高启、杨基、张羽、徐贲、王行、孙蕡、王蒙都不得好死。弘治、正德之间,李梦阳四次下狱;康海、王敬夫、唐寅都废黜终身。我们看了这些事,便可明白《水浒传》著者所以必须用假名的缘故了。"胡先生这个假设非常武断,而似乎是不能成立的。明郎瑛《七修类稿》说:"《三国》《宋江》二书,乃杭人罗本贯中所编。予意旧必有本,故曰编。《宋江》又曰钱塘施耐庵的本。"明徐树丕《识小录》:"《水浒传》有郓哥不忿闹茶肆,初谓是俗语耳。乃唐人李端《闺情》云:'月落星稀天欲明,孤灯未灭梦难成。披衣更向门前望,不忿朝来鹊喜声。'始知施耐庵之有所本。"明高儒《百川书志》:"《忠义水浒传》一百卷,钱塘施耐庵的本,罗贯中编次。"明惠康《野叟识余》：" 郎谓此书及《三国》，并罗贯中撰，大谬。二书浅深工拙，有霄壤之悬，讵有出一手理。世传施号耐庵，名字竟不可考，友人王承父尝戏谓是编南华太史合成，余以为非猾胥之魁，则剧盗之靡耳。"明胡应麟《少室山房笔丛》："今世传街谈巷语，有所谓演义者，盖尤在传奇杂剧下。然元人武林施某所编《水浒传》，特为盛行；世率以其凿空无据，要不尽尔也。余偶阅一小说序，称施某尝入市肆，绅阅故书，于敝楮中得宋《张叔夜擒贼招语》一通，备悉其一百八人所由起，因润饰成此编。其门人罗本亦效之为《三国志演义》，绝浅陋可嗤也。"明钱希言《戏瑕》："词话每本头上，有请客一段，权作过德胜头回，此政是宋朝人借彼形此，无中生有妙处，游情泛韵，脍炙人口，非深于词家者，不足与道也。微独杂说为然。即《水浒传》一部，逐回有之，全学《史记》体。文待诏诸公，暇时喜听人说宋江，先讲摊头半日，功父犹及与闻，今坊间刻本是郭武定删后书矣，郭故跗注大僚，其于词家风焉。故奇文悉被划薙，真施氏之罪人也。而世眼迷离，漫云搜求武定善本，殊可绝倒，胡元瑞云：'二十年前所见《水浒传》本，尚极足寻味，今为闽中坊贾刊落，遂几不堪覆瓿，更数十年，无原本印证，此书将永废矣。'然则元瑞犹及见之，征余所闻，罪似不在闽贾。"这样看起来，明代文人都说《水浒传》的原作者是施耐庵。如果施耐庵是被当时人杜撰出来的，他们岂有不晓得的道理？胡先生因为过分相信明代中叶有一七十回古本，又认为元末不能有这样好的文学作品，遂有此武断的假设。据近人考证，明代中叶的七十回古本似乎并不存在，而施耐庵则似乎确有其人，至少明朝人相信有施耐庵，而我们没有理由否认他的存在。胡先生在这里，正如他考证屈原不存在一样，是犯了疑古太甚的毛病。如果元代有施耐庵，且其人据胡应麟说是罗贯中的老师，则我们又可以把《水浒传》成书的时代更考证得清楚一点。相传施耐庵是淮安人，名子安，元末以赐进士出身，官钱塘，与当道不合，弃官归里，闭户著书。张士诚闻其名，聘之不出，因避居东京，寻疾卒，所著除《水浒传》外，又有《志余》等书。我们并没有任何证据来否认这记载的真实性。这样看起来，《水浒传》的写成当在张士诚陷淮安的前后数年间。淮安的失陷是至正十六年冬十月的事，所以施耐庵的《水浒传》当写成于元亡前十年左右，所以《水浒传》绝对是元代的文学作品。施耐庵去东京后，似乎不久就死了，一说施耐庵约生于至元二十七年，死于至正二十五年。他的弟子罗贯中可能就在东京得到施耐庵的原稿。

不过《水浒传》又有为罗贯中所续成的一说，这是人所熟知的。据金圣叹说，施耐庵的原稿只有前七十回，后面的三十回是罗贯中续作的。十多年前疑古的风气很盛,胡适之先生始创施耐庵本无其人,及金圣叹的七十回古本不可靠的说法。其实按《水浒传》的内容看起来,金圣叹所说似乎是相当可靠的,因为《水浒传》前七十回比后三十回好得多,明代记载多说罗贯中文笔不如施耐庵,后面的三十回很可能是他的续作。

这个被罗贯中续成的"原百回本"只见于记载,后面的三十回包含"征田虎""征王庆"和"征方腊"三大段。正如胡适之先生所说:征方腊的部分最古,所用宋代地名最多。胡先生说:"征辽与征田虎王庆三次战事都没有损失一个水浒英雄。只有征方腊一役损失过三分之二,可见征方腊一段成立在先,后人插入的部分若有阵亡的英雄,便须大大地改动原本了。为免除麻烦起见,插入的三大段只好保全一百零八人,一个不叫阵亡,这是一种证据。征田虎王庆时收的降将,如马灵乔道清之流,在征方腊一役都用不着了。这也可见征方腊一段是最早的,本来没有这些人,故不能把他们安插进去,这又是一种证据。"

然而胡先生接着又说这个招安以后直接平方腊的本子就是罗贯中的原本,我却以为如果我们相信施耐庵确有其人,则这个本子应是施耐庵的,不是罗贯中的。也就是说施耐庵的原本,除开前七十回外,还有平方腊一段草稿。"平方腊"我认为是施耐庵未及修改整理的草稿，因为这一部分比较简略草率，然而最后一段，写鲁智深的死、燕青的去、宋江的死，写徽宗梦游梁山泊，也相当精彩，这可以证明是前七十回的作者施耐庵的手笔。施耐庵的《水浒传》是完全以《宣和遗事》为蓝本，而加以杭州地方的民间故事写成的（关于此点，下面再细说），所以招安以后紧接平方腊的故事。罗贯中续作，加上了田虎王庆两大段，真可谓画蛇添足了。

旧本的王庆故事说王庆占据秦州称秦王，书中可考的地名，如梁州、洮阳、秦州都在京西。田虎故事则说田虎起事于山西沁州，占据河北郡县。我以为这些都可以证明征田虎王庆的部分是罗贯中加进去的，因为罗贯中是太原人，熟悉京西故事，所以他取材也与曾官钱塘的淮安人施耐庵不同。王庆故事与王进故事有重复的嫌疑，也可以证明这一段是后加的。

明代的《水浒传》是嘉靖朝武定侯郭勋的百回本，名为《忠义水浒传》，又有李卓吾藏本百二十回《忠义水浒全书》，这两部是明代《水浒传》的善本。此外有明末刻的百十五回本《忠义水浒传》，光绪年刻的百二十四回本《忠义水浒传》，清初刻的百十回本《忠义水浒传》等，这几种内容简略，明人胡应麟认为明代简本是后出的，是闽中坊贾刊落善本的结果。他的这个结论我认为是正确的。鲁迅先生则以为简本近于古本，繁本是后人修改扩大的，这似乎缺少证据。

我们如相信这些简本是后出的，则我们可以不去管它们，只从百回郭本和百二十回李本来考据《水浒传》的演变就够了。郭本可能略早于李本，因为李卓吾生于嘉靖万历年间，略晚于郭勋；不过李本与百回郭本的时代应该也相差不远，在嘉靖年间或业已存在了。我们也没有理由认为这百二十回里新添与修改的部分是李卓吾的弟子杨定见的手笔。胡先生认为一切都是假托的，如施耐庵古本是金圣叹假托的，郭勋刻本又是后人假托的，李卓吾藏本又是杨定见假托的，其目的不外在把《水浒传》的成书弄晚二百年，以证元末不能有这样完美的白话文学，这种故意疑古的考证实不能同意。

百回郭本的内容与百回罗本略有不同，就是征田虎王庆一段被删去，另加上征辽一段。百回郭本在嘉靖年间刻于新安，名为《忠义水浒传》。胡先生认为"忠义"二字是李卓吾加上去的，不见于百二十回本前，其实恐未必然。"忠义"二字应属于百回罗本，因为明高儒《百川书志》明明说："《忠义水浒传》一百卷，施耐庵的本，罗贯中编次。"胡先生大概没有注意到这一段记载。周亮工《因树屋书影》说："故老传闻，罗氏为《水浒传》一百回，各以妖异语冠其首。嘉靖时，郭武定重刻其书，削其致语，独存本传。"金檀《王氏小品》也说:"此书每回前各有楔子,今俱不传。"百二十回李本"发凡"说:"古本有罗氏致语,相传'灯花婆婆'等事,既不可复见。"胡先生认为每回前有楔子是不可能的事,又因灯花婆婆的故事是今本《平妖传》的致语,遂以为这是以讹传讹的话。其实《平妖传》晚出,而《水浒传》又经过几次删削,灯花婆婆的一段致语,原来也许是《水浒传》上的,此未尝不可能。《水浒传》与《平妖传》相传都是罗贯中作的,也许就因为《平妖传》里含有《水浒传》的成分。况且灯花婆婆故事后面附的一首诗末两句说:"莫说灯花成怪异,寻常叵耐是淫偷。"作为《水浒传》的致语比较《平妖传》还要合适一点,郑振铎先生也说《平妖传》卷首的灯花婆婆是由《水浒传》删下迁用的,每回前有楔子,也未尝不可能,因为百二十回本的"发凡"说,郭武定本曾"移置阎婆事",又"去诗词之烦芜",可见改削处一定很多。也许《水浒传》原本与宋代的京本通俗小说相似,如《西山一窟鬼》的引子说:"自家今日也说一个士人,因来行在临安府取选,变做十数回蹊跷作怪的小说。"而抄本的《西山一窟鬼》只有六千字。古本的平话本来可长可短,可分可合,完全看说话人的意思。《水浒传》的故事本无多少联系,很可能原本中有许多与本文无关的小故事,作为"得胜头回"。在明代嘉靖年间,小说开始成为看的文学，而不再是听的文学，《水浒传》就成为第一部长篇小说，而书中无关的诗词和引子，就大部分被删去。这是一个极可能的假设，而且我们也有明代许多人的记载作为这假设的证据，可惜我们今天已不可得百回罗本来证实这个假设了。

郑振铎先生就曾以弹词每一回有一个开篇来证明罗本每卷可能有"致语"。

郭本所以去掉王庆田虎的部分，当然是因为那是京西的故事，与其他部分不合。其所以加上征辽一部分的缘故，我疑心是因为当时的倭患。明代有《三宝太监西洋记》小说，作者不可考。大概也成于郭武定的时代，其叙言云："今者东事倥偬，何如西戎即叙，当事者尚兴抚髀之思乎？"俞樾《春在堂随笔》说："此书之作，盖以嘉靖以后，倭患方殷，故作此书，寓思古伤今之意，纾忧时感事之忱，三复其文，可为长太息矣。"郭本《水浒传》里征辽部分可能也是因为"东事倥偬"而想到"西戎即叙"的缘故，郑振铎先生关于这一点，在他的《〈水浒传〉的演化》里说得很详细。他除去当时倭患外，又提北方俺答的入寇，郭武定本的征辽部分是由于当时政治情况的影响似毫无可疑。

百二十回李本大概也出现于嘉靖年间，比郭本可能略晚，不过也可能同时，李本与郭本不同的地方是加上了重写的征田虎王庆，去掉了征辽部分。胡先生认为新添的征田虎王庆部分是李卓吾的弟子杨定见，也就是"新镌李氏藏本《忠义水浒全书》"的作序者的改作，理由是杨定见是楚人，而原书里王庆称秦王，这里被称为楚王。我觉得这解释并不令人满意。杨定见在"序言"里明明说这书并不是他的改作，而是李卓吾所拟定的，我们并没有理由来否认他这句话的真实性。我相信这本书是李卓吾批定的，而且是郭武定时代的改作，其修改原书的地方且为郭武定本人所授意。我们要知道郭勋是对于明代小说的发展极有贡献的一个人。明沈德符《野获编》云："武定侯郭勋，在世宗朝，号好文，多艺能计数。"又说除开新安刻《水浒传》善本外，又自撰《英烈传》小说："内称其始祖郭英战功，几埒开平中山，而鄱阳之战，陈友谅中流矢死，当时本不知何人，乃云郭英所射。令内官之职平话者，日唱演于上前，且谓此相传旧本。"明代有许多小说可能都是在郭勋授意下写成的，这从当时唱演平话的盛行，和郭勋本人对于小说的兴趣可以看出，我们如果把百二十回本里征田虎王庆一段与《英烈传》对看，便可明白那段大概就是《英烈传》的蓝本。王庆在百二十回本里变成楚王，所占领的区域是湖北与江西北部，正是鄱阳湖附近，而《英烈传》里说陈友谅自称汉王，在鄱阳湖一战败死，这恐怕不完全是巧合。田虎故事的改造主要在张清琼英的故事，神人授予的"要夷田虎族，须谐琼矢镞"十个字，新改回目里又有"振军威小李广神箭"，这与陈友谅的中箭身亡似乎也不无关系。根据这些理由，所以我说改造的田虎王庆部分是出于郭勋之手，或为郭勋所授意。

百回郭本与百二十回李本后有金圣叹的七十一回本，这是大家都晓得的，不必再说。现在我们可以把前面用于水浒古本的考证总结一下：（一）施耐庵似乎确有其人。生于元末，《水浒传》是他的创作，原书无论是否分为若干卷，应包含今本的前七十回与征方腊一部分。征方腊部分似乎是未经修饰的草稿。（二）罗贯中是施耐庵的弟子，他续成《水浒传》，加上征田虎王庆两段，文笔比较拙劣。全书或分为百回，或如郑振铎先生所说，只分为若干卷，每卷或每回前有致语。其中有一段是后来插入《平妖传》的灯花婆婆故事。书中且有许多诗词，后为郭武定所删。（三）嘉靖年间，郭勋或他的门下客将罗氏原本加以删改，成为百回郭本，去掉许多诗词和卷首的致语，去掉征田虎王庆两部分，加上征辽一段。（四）差不多同时或较晚，有另一郭本出现，共一百二十回，后有李卓吾评点。其中又加上重写的征田虎王庆两段，隐指明初郭英的战功，是郭武定授意的，或即出于他自己的手笔。（五）清初有金圣叹删定的七十一回本。金氏可能由故老传说得知只有七十回是施耐庵的原本，然而他似乎不可能看见原本。他的七十一回本，显然还是依郭武定修改过的本子删定的。此外《水浒传》古本的演变可列为表如下：

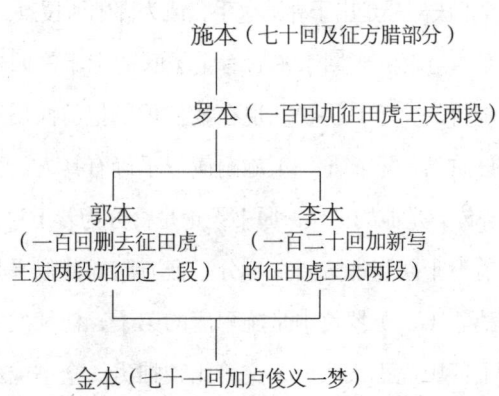

《水浒传》故事的演变

我在《〈水浒传〉古本的演变》一文里曾有一些与前人不同的看法：我认为《水浒传》是施耐庵创作的，金圣叹的七十回本实有所本。我认为罗本每卷前有致语如灯花婆婆等。这一点我与胡适之先生的看法不同，但与郑振铎先生相同。我认为百回本征辽一段是受了当时边患的暗示，我后来发现郑振铎先生也主此说。我认为百二十回当成于郭武定时代，且其中新添的征田虎王庆两段，是为了夸耀郭勋先祖的战功而加入的。我认为旧本王庆为秦王，是因为罗贯中是太原人，熟悉京西的《水浒传》故事的缘故。

其实由书中的地名来看，不但王庆为秦王可以证明其为太原人罗贯中所写，前七十回的地理也可以证明其为施耐庵的创作：清昭梿的《啸亭续录》说："《水浒传》官阶地理，虽皆本之宋代，然桃花山既为鲁达由代郡之汴京路，何以三山聚义

二 论中国文学

时，反在青州？北京之汴，不过数程，杨志奚急行数十日尚未至，又纡至山东郓城何也？此皆地理未明之故。"这批评是不错的。《水浒传》的作者应为山东郓城以南的人，没有到过北方，所以对于北方的地理不清楚，这于太原人罗贯中不合，又书中淮河流域的地方俗语很多，也可证明作者虽是郓城以南的人，然也不是纯粹南方人，这一切都与淮安人施耐庵的情形相合，所以我们可以断定《水浒传》是施耐庵的创作。

然而《水浒传》小说的原作者虽是淮安人，水浒故事的发源地却似乎是杭州，施耐庵曾官钱塘，水浒故事大概就是在杭州做官时搜集的。胡适之先生读错了一条记载，以为南宋时《水浒传》故事已有抄本；后来郑振铎先生引用胡先生所说，也未发现这错误。胡先生说南宋时有高如与李嵩二人的抄本，这是根据周密《癸辛杂识》的记载："龚圣予作《宋江三十六赞并序》曰：宋江事见于街谈巷语，不足采著，虽有高如李嵩辈传写，士大夫亦不见黜，余年少时壮其人，欲存之画赞，以未见信史载事实，不敢轻为。及异时见《东都事略》中载侍郎侯蒙传，有书一篇，陈制贼之计云：宋江以三十六人横行河朔京东，官军数万，无敢抗者，其材必有过人，不若赦过招降，使讨方腊，以此自赎，或可平东南之乱。余然后知江辈，真有闻于时者，于是即三十六人，人为一赞，而箴体在焉。"明陈宏绪《寒夜录》也引了这一段，字句上却有些出入，"虽有高如李嵩辈传写"一句，《寒夜录》作"虽有高人如李嵩辈传写"。此外不同的地方还很多，如"中载侍郎侯蒙"作"中书侍郎侯蒙"，"街谈巷语"作"街巷谈语"，"余年少时壮其人"作"余年少壮时慕其人"等。《寒夜录》说是录自旧本《癸辛杂识》，又说："近裨海所刻《癸辛杂识》，此文悉遭删去，遂使残珪断璧，荡然无存，亦搜奇之一恨也。"可见《寒夜录》里这一段是录自比较可靠的古本的，而我们现在所根据的《癸辛杂识》则大概是经过删削的本子。《寒夜录》所载如果正确，则"高如李嵩辈"当作"高人如李嵩辈"，高如不是人名。这是胡先生在这一句里的第一个错误。李嵩我们要晓得是南宋的名画家。《杭州府志》与《图绘宝鉴》载："李嵩，钱塘人，从训养子，为光宁理三朝官画院待诏，工画人物道释，得从训遗意，尤长界画。"《珊瑚网画继》里记他有《金谷图》并《楼阁图》二轴，《士农工商图》四轴。李嵩的养父李从训是更著名的画家，《杭州府志》与《图绘宝鉴》载："李从训，杭人，宣和待诏，绍兴间，补承直郎，赐金带，工道释人物花鸟，位置不凡，博采高出流辈。"李嵩既然是擅长人物的名画家，则"传写"二字的意义显是"画"而不是"抄"，这是胡先生在这一句里的第二个错误。

至于作画赞的龚圣予,又是宋末的一个画家。史载他名开字圣予,淮阴人,景定间为两淮制置司监官,宋亡不仕,家贫至无几席,每令其子伏榻上,就背按纸作《唐马图》,甚工,又工诗文。他与李嵩的时代相差不多,恐怕李嵩的水浒画像就落在他的手里,画赞就是为李嵩的画作的。龚圣予以后又有陆友仁,是元代的大收藏家,他大概又从龚圣予处得到李嵩的这幅画。清翟灏《通俗编》载有陆友仁题《宋江三十六人画赞》的诗:"睦州盗起尘连北,谁挽长江洗兵革,京东宋江三十六,悬赏招之使擒贼,后来报国收战功,捷书夜报甘泉宫。"这首诗并不高明,不过倒可以证明宋元间只有京东宋江等三十六人讨方腊的故事,与《宣和遗事》所载相同,而没有征辽、征田虎王庆的故事。

这样看起来,南宋时只有民间流传的水浒故事,并没有《水浒传》抄本,李嵩根据民间故事画了一幅宋江等三十六人的画,或一套分为三十六张的画。李嵩以外,画宋江三十六人的南京画家应该还有,不过大概不如李嵩有名,时代应亦相差不远。后来宋末龚开得到李嵩的画,为作画赞,元代陆友仁又从龚开的后人处得到李嵩的画。李嵩是13世纪初年人,龚开是13世纪末年人,而陆友仁则是元天历年间人,也就是生于14

世纪初年。元徐显《稗史集传》说："陆友，字友仁，姑苏人也……君善为歌诗，长于唐人五言律，工汉八分、隶、楷，又博极群物。时海内治平，富家巨室皆以古器物相尚，凡三代以下钟鼎铭刻，汉唐以来法书名画，皆从陆氏鉴定真赝，一经品题，价遂十倍。"陆友仁以后，就找不到关于水浒三十六人画像的记载，恐怕在元末这幅画已不存在了。

《大宋宣和遗事》，除去元曲里有关水浒的剧本外，是施耐庵《水浒传》以前唯一关于水浒故事的文字记载。胡适之先生已详细考据过元曲里的水浒故事是江淮以北的另外一些民间故事，与施本《水浒传》内容不同。如果宋元间并没有其他水浒故事的抄本，显然施本《水浒传》所根据的原书就是《大宋宣和遗事》。

《大宋宣和遗事》是元代的作品，大概是宋末遗老写的，也许就是龚开的游戏之作。书里称李师师为"上厅行首"，即官妓，这是元代的称呼，见元曲刘行首杂剧与谢天香杂剧。书里称高俅为平章，这样称宰相为平章的，元代最多。只有宋末人称贾似道为贾平章。鲁迅先生也曾提出书里的"吕省元""南儒"皆元代语，"疑此书或出元人，或宋人旧本，元时增益，皆不可知"。书里显仁皇后生高宗时，梦金甲神人自称钱镠一段，与《钱塘遗事》所载相同：只是"高宗"改称"皇子构",不避庙讳,也是书成于元代的证据。

有一点我们值得注意的,就是水浒故事的最早记录,也就是李嵩的宋江三十六人画像,其作者为杭州人。作画赞的龚开是淮阴人,曾为两淮制置司监官。《大宋宣和遗事》大部取材于杭州地方的民间传说,书中与《钱塘遗事》等书相同的地方可为证据。施耐庵又是淮安人,且曾官钱塘。元曲里的水浒故事则大都来自京东和太行一带,与《水浒传》里的故事不同,这由《黑旋风乔教学》《黑旋风借尸还魂》《黑旋风斗鸡会》《诗酒丽春园》《穷风月》《大闹牡丹园》《敷演刘耍和》《乔断案》《同乐院燕青博鱼》等曲名就可以看出。这样看起来,施本《水浒传》是根据《宣和遗事》和杭州地方的水浒传说写成的。

另外一个重要的证据,就是水浒人物的遗迹多在杭州。清陆次云《湖壖杂记》:"六和塔……下旧有鲁智深像,今毁矣,当日'听潮圆寂',应在此处。进泷浦下有铁岭关,说是宋江藏兵处。有石门,进此者每为伏弩所射。又国初江浒人,掘地得石碣,题曰'武松之墓'。当日进征青溪,用兵于此。"清朱梅叔《埋忧集》所载与此略同,只是又说:"涌金门金华将军,俗传即张顺归神。"今日杭州涌金门外尚有张顺庙,清泰门外有时迁庙,赤山埠有武松庙,石屋岭有杨雄石秀庙。这些地方传说都可以证明杭州是施本《水浒传》里故事的发源地。

总结起来，我们可以说施本《水浒传》是根据杭州的地方传说与《大宋宣和遗事》里水浒故事写成的，而《大宋宣和遗事》里的水浒故事恐怕也来自杭州一带地方。南宋时有李嵩等曾根据杭州传说作宋江三十六人画像，宋末龚开又为李嵩的画作赞，元代陆友仁又为龚开的画赞题诗。施耐庵是元末人，也可能看见过这著名的画与赞，不过除去《大宋宣和遗事》外，施本《水浒传》以前似未必有水浒故事的抄本，至少我们没有任何此类的记载，所以我们可以说《水浒传》是施耐庵的创作。

《蒲松龄著作在国外》序[①]

我的老朋友李士钊同志,解放后不久,即遭受中国现代文学史上第一个历史公案——电影《武训传》批判的牵连,我们已有多年没见面。1978年春天,他突然又到我家中来,谈起他这些年中的坎坷经历。当我看到他的精神依然那样地坚强和健旺时,又感到异常高兴。进而了解到他1957年调回山东故乡从事地方志工作期间,虽然受到极不公正的对待,可他在逆境中从未沮丧或消沉过,对于山东文化历史的搜集与整理工作,做出大量积累并取得丰富的成果。这些年来他帮助地方兴建起几处文学纪念馆,其中对淄博的蒲松龄故居纪念馆的建成,做出了更多的贡献。他先后请我国当代著名的作家、学者、诗人、画家们为纪念馆撰写楹联,题诗、作画、题碑、塑像,设计改

---

① 原载《蒲松龄研究》1989年第1期。

建明代蒲家庄的街道和城堡等一系列的工作。这些著名作家如郭沫若、沈雁冰、叶圣陶、老舍、田汉、夏衍、阳翰笙等,学者如顾颉刚、俞平伯、梁漱溟、冯友兰、黄药眠、王力、李霁野、陈从周等,画家如丰子恺、俞剑华、李苦禅、吴作人、李桦、刘海粟、曾竹韶、尹瘦石、戴敦邦等,诗人如赵朴初、胡风、臧克家、冯至、常任侠等,党和国家的领导人如李维汉、陆定一、王昆仑、胡厥文等都为这座纪念馆题了词。这些历史文献的原件和照片,我大致都看过。他还陆续从北京的古旧书店,设法买来《聊斋志异》的英、法、俄、日多种外文译本和各地方上的不同木刻版本,充实了纪念馆的陈列,供广大国内外瞻仰者们欣赏。我和朋友们对于他的这种热情毅力与锲而不舍的精神,搜集到如此丰富的历史文献材料,都表示无限的赞佩。他还谈到当时正在编辑出版我国著名蒲松龄研究专家路大荒先生生前所撰写的《蒲松龄年谱》和论文集一书。还谈到从60年代初期,就开始搜集《聊斋志异》在国外的多种语文译本与传播的情况,且已译出英国汉学家翟理斯1880年在英国出版的第一个《聊斋志异》英文译本(一百六十四篇)的目录和序言,还移译了捷克汉学家普实克院士1959年在丹麦出版的《中国研究》季刊(英文版)上所发表的《蒲松龄〈聊斋志异〉最初定稿时间探讨》一文,这篇论文在多种语文出版的百科全书中，都曾多次被节译和引用，可以称为外国朋友研究蒲松龄和蒲松龄著作的典范。他曾托我在英国搜集些有关资料，我高兴地托一位英国朋友伍芳思（Frances Wood）女士，从大英图书馆书库中，抄来一份包括七种语文二十六个不同版本的《聊斋志异》目录。1981年北京中国文学社印行了我和老伴戴乃迭等所译《聊斋志异选》英文译本后，曾寄给他们参考并在纪念馆中陈列。

最近他到我家做客，把自己和朋友共同译成的《蒲松龄著作在国外》一书的原稿送给我看，我通读过共有四十七篇约四十万字的目录。并浏览过全稿之后，觉得这是一项介绍中国古典文学在国外研究情况的巨大工程，作为蒲松龄著作在国外研究资料汇编，对于国内外研究蒲松龄著作的人们，都将大有用处。我知道国外的朋友们，还没有人做过这样规模较大的搜集、整理、汇编和移译工作，这本书对国内外研究比较文学的人，也将会很有参考价值，使大家从中可以了解到《聊斋志异》在国外的广泛影响。

过去我和戴乃迭虽曾选译过《聊斋志异》的若干篇，可是对于全书并未进行过深入和全面的研究，在读过这本书的原稿之后，很愿意为它的出版和传播说几句话。《聊斋志异》是中国封建社会后期的一部奇书。它不仅是唐代传奇之后最重要的一部文人创作的短篇小说集,由于它的内容丰富,描写当时社会心理的深刻入微,也可以说它是一部描写我国封建社会后期的百科全书;它可以和中国的古典长篇小说《红楼梦》《儒林外史》等名著相媲美。这部作品在"五四"新文化运动之前,虽然在民间流传已逾两百年,但还没有引起应有的重视,也没有被认为是一部重要的文学作品。《聊斋志异》在国外倒是早在一百年前的日本明治维新的初期,就已被介绍到日本了。19世纪后期的俄国,也早有一些介绍和翻译。与此同时,英国也有了翟理斯的译本(差不多是全译本),可见《聊斋志异》作为一部世界文学名著,它的国际地位被确定无疑了。

目前有些国内和国外的朋友,对我国当前的文艺作品还没有得到诺贝尔奖金一事觉得是个遗憾。实际上文学是超越国界的,只要是真正伟大的文艺作品,就不会不被国外重视。蒲松龄的短篇小说,之所以得到全世界的赞誉,正说明了这个道理。我祝贺我的老朋友和他的朋友们,共同完成这有意义的工作,也希望有更多的朋友,更多地从事这类有意义的翻译工作,使中国古典文学在国外的深远影响反馈过来,使大家了解。这是中国古典文学的光荣,也是炎黄子孙的光荣。

1986年12月22日"冬至节"于北京

要出版红学丛书[①]

我也做过一个杂志的主编,也管过发行工作,《红楼梦学刊》这几年一直能够正常出版,内容又这么扎实,这么丰富,这个成绩是了不起的。现在,任何研究都在不断发展,都有它的与时间有关系的发展过程,而《红楼梦》研究没有很大的时间性,所以我要提出一个根本性的问题:《红楼梦学刊》有没有必要非常困难地在发行工作方面花这么大力气,一定要按期出版,一年要出四本?我觉得,《红楼梦学刊》花这么大气力维持这么个势头,不如将它改为丛书。我认为编一套红学丛书更合适。丛书在图书馆有比较长久的保存价值,而且我们的《红楼梦研究》是学术性的,作为书可以精装,可以在图书馆保存,没有时间性限制,这样,国外有人在一年之后买到这

---

① 原载《红楼梦学刊》1987年第2期。

样的书，也不会觉得过时；如果是杂志，就总觉得是过了时的。出版丛书以后，把学刊逐步改变成为关于红学动态方面的杂志，这样，一年继续出四辑也好，出两辑也好，就可以把目前解决不了的发行方面的包袱甩掉一些。

我再重复一下，《红楼梦学刊》在这几年的时间里，取得的成绩是了不起的。但是，到现在已出版了三十期，在目前的情况下，我们应该清醒地估计一下将来的发展问题。我想强调一点，《红楼梦》研究应更多地向丛书方向发展，而不是长期搞一个学刊。因为它本身的性质，如像莎士比亚研究、歌德研究一样，本身没有多大的时间性。要报道争鸣的，要报道研究动态，我们可以用杂志来及时反映，但学术研究的方面，我们需要搞一套丛书，早期的，当代的，最近几年的研究成果，应成为书。篇幅长的，成为专著；篇幅短的，可以辑起来成为集子。然后可以有精装本，平装本，可以保存。国外也是这样要求我们。

另一个很重要的问题，我呼吁要成立一个《红楼梦》研究资料中心，这在目前，开始有这个条件了。北京图书馆里有不少有关《红楼梦》的资料和书籍，我们要利用起来，要供给国内研究《红楼梦》的人用，也供给各国的研究者用，把世界上研究《红楼梦》的人都吸引来。最后还要成立一个《红楼梦》

的专门的图书馆。《红楼梦》是我们自己的东西，我们应该有这么一个研究中心，这个中心应该设在我们国家，不能设在别的国家。现在有许多我们自己的东西，研究中心已经不在我们国家了，如日本人说，敦煌学的研究中心在日本；英国人李约瑟写的关于中国科学技术发明的历史是最好的。《红楼梦》是我们最有希望的东西，我们自己有很好的条件，这个研究中心，不能再让人家抢走了：这就是我的意思。

《逸周书·周祝篇》《逸周书·太子晋篇》和《荀子·成相篇》

近人研究古代民间歌谣和七言诗起源的多只注意到《楚辞》，有时也注意到偶然留传下来的古代歌辞，如荆轲的《易水歌》，可是似乎都忽略了这几篇相当重要的东西：《逸周书》里的《周祝篇》和《太子晋篇》，及《荀子》里的《成相篇》。从这几篇看来，不但后世的七言诗在公元前五六世纪早已萌芽，就是现在民间的莲花落、数来宝、渔鼓一类的东西在周代已经存在了。我们现在先由《逸周书》说起。

《太子晋篇》和《周祝篇》大概都是晋史所记载的民间文学，大概成于春秋末年，约当公元前五六世纪。《太子晋篇》记载师旷见太子晋的故事，全篇是散文，不过其中师旷与太子问答的话却是韵文。譬如，篇中师旷初见太子晋时说：

吾闻王子之语，高于泰山，夜寝不寐，昼居不安。不远长道,而求一言。

太子晋也回答道:

> 吾闻太师将来,甚喜而又惧。吾年甚少,见子而慑,尽忘吾其度。

以下两人一问一答的谈古代君子的品行,舜禹文武的道德,王侯君公的名称,又是三段韵文,最后师旷说:

> 温恭敦敏,方德不改。闻物□□,下学以起。尚登帝臣,乃参天子,自古谁?

太子晋回答道:

> 穆穆虞舜,明明赫赫。立义治律,万物皆作。分均天财,万物熙熙,非舜而谁?

然后太子戏问道:

太师何举足骤？

师旷回答道：

　　天寒足跔是以数也。

　　我们不必多引，就是从上录的几段里已可以看出两人的对话显然是以歌谣的方式进行着的。我们可以联想到现代在民间还存在的一些歌谣，如西南苗瑶的歌曲，和北方流行的《小放牛》：

　　天上梭罗什么人栽？地下的黄河什么人开？什么人把守三关口？什么人出家一去没回来？
　　天上梭罗王母娘娘栽，地下的黄河老龙开，杨六郎把守三关口，韩湘子出家一去没回来。

　　我们也可以联想到《楚辞》里的《天问》，可惜在现存的《天问》里，我们只有若干关于古代历史的问题，而没有它们的答案。显然的，这些东西都是属于同一类的民间文学。古代人每好以问答的方式传下来他们关于宇宙和人生的知识，因为这样较便于记忆。为了更便于记忆,他们又采取歌谣的形式。在文化比较落后的地域,因了民众知识的简单,这种文学形式被保留下来,于是我们今日还有一问一答的苗瑶歌曲和《小放牛》一类的民歌,而《逸周书·太子晋篇》《楚辞·天问》则是这种文学形式的最初记载。我们研究古代的死的文学,不可忘记它们与现在的活的文学是有着极密切而不可分的关系的。

其次,我们可以看出在这一篇东西里已存在七言诗的最初形式。大凡民间歌谣都有若干不必要的衬字。这篇里的若干句子一去掉衬字,便成了七言诗,"……乃参天子自古谁"已经是完整的七言了。"……万物熙熙非舜而谁"若去掉一个衬字也可以变成七言。《楚辞》里的《天问》也是一个很好的例子:

> 简狄在台誉何宜? 玄鸟致诒女何喜?
> 师望在肆昌何识? 鼓刀扬声后何喜?
> 武发杀殷何所悒? 载尸集战何所急?

这些句子都是完整的七言。其他的句子如:

> 遂古之初谁传道（之）？上下来形何由考（之）？
> 冥昭瞢暗谁能极（之）？冯翼惟象何以识（之）？

若去掉一个衬字，则也变成了七言诗。《楚辞》里的《橘颂》也是一样：

> 后皇嘉树橘徕服（兮），受命不迁生南国（兮）。
> 深固难徙更壹志（兮），绿叶素荣（纷）其可喜（兮）。

实际说起来，《诗经》里一大部分也有同样的倾向。

我们由此可以知道七言诗的形式并不是后世的创造，而在公元前五六世纪，或更早的时代，便已存在于当时的通俗文学里面，我们已知道七言也就是一个四言和一个三言句合成的。由此我们又可以发现一件有趣而相当重要的事实，就是现代通俗文学里最常见的句法，两个三言句和一个七言句，如一般"莲花落"里的句子：

> 来的巧，来的妙，老板开门我来到。

实际来源与七言诗相同，也是三言和四言句合成的，而且这种形式在周代民间文学里也已经存在。在《太子晋篇》里：

> 太师何举足骤？
> 天寒足跔是以数（也）。

去掉一个衬字，把前一句的六言当作两个三言读，便也成了三三七的形式。荆轲的《易水歌》更是一个显明的例子：

> 风萧萧（兮）易水寒，壮士一去（兮）不复还。

再如汉高祖的《大风歌》：

> 大风起（兮）云飞扬，威加海内（兮）归故乡，安得猛士（兮）守四方。

显然这些都是莲花落一类的东西。

《周祝篇》，就内容看起来，是含有教训意味的民间作品。在这篇韵文里，七言句是更显著地被应用了：

> 凡彼济者必不息，观彼圣人必趣时。石有玉而伤其山，

万民之患故在言。

时之行也勤以徙,不知道者福为祸。时之从也勤以行,不知道者以福亡。

天地之间有沧热,善用道者终不竭。陈彼五行必有胜,天之所覆尽可称。

实际说,全篇所有的句子,把衬字去掉,差不多都是七言和三言句。前面提到的莲花落的形式在这篇里也被充分地利用:

> 角之美,杀其牛,荣华之言后有茅。
> 天为盖,地为轸,善用道者终无尽。
> 地为轸,天为盖,善用道者终无害。
> 天为高,地为下,察汝躬臭为喜怒。
> 天为古,地为久,察彼万物名于始。
> 左名左,右名右,视彼万物数为纪。
> 用大道,知其极,加诸事则万物服。
> 用其则,必有群,加诸物则为之君。
> 举其修,则有理,加诸物则为天子。

《周祝篇》全篇用韵,朗诵起来,它给人的印象与通俗的莲花落或花鼓相同。显然地,当古代人朗诵这篇东西的时候,他们也必用着简单的敲击乐器,如小鼓或响板之类。古代的祝大概也就是唱数来宝或莲花落的职业乐人。

《荀子·成相篇》大概是荀卿晚年的作品,当成篇于秦始皇九年(公元前238年)以后,因为在那一年李园杀春申君,而《成相篇》里则有"春申道缀"的话。《成相篇》是一篇与《周祝篇》大致相似的韵文,也是以三言和四言组成的莲花落一类的东西。在这篇韵文里,旧的莲花落形式变得整齐化、定型化了。全篇分为五章,每章换十一次韵,除去末一章多一韵,每一韵包含两三字句,一七字句,一十一字句,每句有韵,其十一字句或上八下三,或上四下七。下面是第一章:

请成相,世之殃,愚暗愚暗堕贤良,人主无贤如瞽无相何伥伥。

请布基,慎听之,愚而自专事不治,主忌苟胜群臣莫谏必逢灾。

论臣过,反其施,尊主安国尚贤义,拒谏饰非愚而上同国必祸。

曷谓罢?国多私,比周还主党与施,远贤近谗忠臣蔽塞主势移。

曷谓贤？明君臣，上能尊主下爱民，主诚听之天下为一海内宾。

主之孽，谗人达，贤能遁逃国乃蹷，愚以重愚暗以重暗成为桀。

世之灾，妒贤能，飞廉知政任恶来，卑其志意大其园囿高其台。

武王怒，师牧野，纣卒易向启乃下，武王善之封之于宋立其祖。

世之衰，谗人归，比干见刳箕子累，武王诛之吕尚招麾殷民怀。

世之祸，恶贤士，子胥见杀百里徙，穆公任之强配五伯六卿施。

世之愚，恶大儒，逆斥不通孔子拘，展禽三绌春申道缀基毕输。

以下四章与此体裁完全相同，恐怕原来本是五篇。《荀子》里的韵文作品，除《成相篇》外，还有赋五篇，诗一篇。《汉志》著录《孙卿赋》十篇，显然就是指《成相》五篇与赋五篇而言，因为它们都是同一类的东西。胡元仪把《佹诗》一篇加在里面，与《汉志》赋十篇数目不符，而说:"今《汉志》云《孙卿赋》十篇者,亦脱一字,当作十一篇也。"这样解释实际是不需要的。

由《成相篇》的命名,我们可以看出这种体裁的通俗文学是怎样发源的。相字可能有两种解释:一是古代舂者的劳动歌。俞樾说:"此相字即'舂不相'之相。《礼记·曲礼篇》:'邻有丧,舂不相。'郑注曰:'相谓送杵声。'盖古人于劳役之事,必为歌讴以相劝勉,亦举大木者呼邪许之比。其乐曲即谓之相。'请成相'者,请成此曲也。《汉志》有《成相杂辞》,足征古有此体。"二是古代盲目职业乐人的歌曲。古代瞽师皆有相导的人名为相,又名为拊。《周礼》:"大祭祀师瞽登歌,令奏击拊。"贾《疏》云:"拊所以导引歌者,故先击拊,瞽乃歌也。"《白虎通义·礼乐篇》引《尚书·大传》:"搏拊鼓振以康。"《明堂位注》云:"拊搏以韦为之,充之以糠,形如小鼓,所以节乐。"《乐记》云:"治乱以相。"注云:"相即拊也,亦以节乐,拊者以韦为表,装之以糠。糠一名相,因以名焉,今齐人或谓糠为相。"这样看起来,相是一个用以节乐的小鼓,而《成相篇》是拿着小鼓的盲目乐人所唱的歌辞,也就是凤阳花鼓、莲花落一类的东西。古代盲目的乐人名为瞽,大概就是因为他们拿着小鼓歌唱的缘故。《逸周书》中《太子晋篇》

和《周祝篇》既是与《成相篇》一类的东西，当然也是古代瞽师传授下来的通俗文学。

总结上文，我们可以得到如下的结论：一、七言诗是直接由四言诗蜕变而成的，并不是先有四言诗，然后有五言诗，然后有七言诗。实际七言诗在公元前五六世纪便已开始了。汉初七言诗还很流行，汉高祖的《大风歌》，汉武帝的《秋风辞》《柏梁诗》都可为证。五言诗是汉末才开始流行的。二、七言诗与近代的弹词、地方剧、莲花落等通俗文学同出一源，都是由三字句和四字句组成的，而且弹词、莲花落等通俗文学，在形式方面说，恐怕还是比七言诗更为进步的，不过汉武帝时代以后，因了统治阶级的反动，罢黜民歌，这种文学形式未能得到自然的发展，两千年不得抬头，才成为"不登大雅之堂"的通俗文学。五言诗的起源恐晚于七言诗。这与周末的新声大概有关，容另为文以论之。

十四行诗，鲁拜体及唐诗

我想提出供讨论的题目是比较一下我国唐代兴起的新体诗歌和欧洲的十四行诗以及古代波斯的鲁拜体四行诗，并提出一个假设，即两者之间会不会有某种联系。我这样说，也许会使人们感觉这是毫无根据的臆测，因为中国语文不属于印度欧罗巴语系，汉文与西方语文差别很大；在诗歌形式上，走的是完全不同的道路；所以乍一看来，很难相信在诗歌体裁方面能够相互影响。但是我们可以提出，我国从魏晋时开始，讲究声律，创作了新诗体，早已有人说过，这是受了梵文声律的影响。虽然由于汉文的特点，齐梁以后讲究双声叠韵和四声对偶，在诗歌形式方面，有其独特的发展，然而过去中国诗歌曾受过外来影响，似乎也是一个不容忽视的事实。如果我国六朝以来兴起的新体诗歌可能受到过外来声律学的启发，我们说唐代诗歌可能影响过欧亚其他地方的诗歌形式，这个假设似乎也是可以成立的。

让我们先看看欧洲十四行诗的起源问题。西方学者一般都认为十四行诗的起源还不清楚。大家都知道英法等国的十四行诗体源自意大利文艺复兴贝特拉伽（Francesco Petrarca，又译彼特拉克）等所写的十四行诗。莎士比亚的十四行诗是意大利十四行诗的一个变种，即莎士比亚的十四行诗由三个四行诗组（quatrain）加上末尾同韵的两行诗组成，而较早的意大利十四行诗则是由一个八行诗组（octave）和一个六行诗组（sestet）组成，前面的八行又可以分为两个四行诗组（quatrain），但在前八行和后六行之间，音乐上一般要有个顿挫，最后六行更加急促奔放，以结束全诗。一般西方学者认为最早的一首十四行诗是西西里岛的诗人披埃·德勒·维奈（Pier delle Vigne）的作品。维奈此人的名字见于但丁《神曲·地狱篇》（*Inferno*）第十三章，这也是很多人都知道的。维奈约生于1190年，死于1249年；他曾是腓德烈二世皇帝的宠臣，因皇帝怀疑他不忠，被监禁备受苦刑，并被弄瞎了双眼而自杀，根据当时基督教义，凡自杀者都要在地狱受苦，但丁把他放在地狱受苦的情景写成了动人的诗句。13世纪中除了维奈以外，还有一些别的意大利人用过十四行诗这一体裁，也都是属于西西里地方的这一流派。西西里岛当时还是在阿拉伯影响之下，当时西欧文化远比近东一带文化落后，很多东西都是从东罗马和大食文化传过去的，西西里岛则是接受东方文化的一个首站。当然，当时受到阿拉伯文化影响的西西里岛诗人也可能自己创造了这种诗体，但另外一个可能就是十四行诗这种体裁是从阿拉伯人方面传过去的。由于我们对中古阿拉伯诗歌知道不多，一时还没有根据来证明这个假设。可是当时阿拉伯势力横跨欧亚，在大食文化的东边就是强盛的中国文化。从历史年代和地理条件来看，如果我们在唐代诗歌里找到类似十四行诗的题材，这个假设，即不但欧洲最早的十四行诗是从阿拉伯人方面传到西西里岛的，而且其来源还可以远溯到中国，似乎也是可以成立的。

我国唐代著名诗人李白写过不少古风体的诗歌，其中有些从形式上看，很像西方的十四行诗。著名的"花间一壶酒"就是很完整的一首，全诗如下：

> 花间一壶酒，独酌无相亲。
> 举杯邀明月，对影成三人。
> 月既不解饮，影徒随我身。
> 暂伴月将影，行乐须及春。
> 我歌月徘徊，我舞影零乱。

醒时同交欢,醉后各分散。

永结无情游,相期邈云汉。

开头是一个八行诗组,用的是一个韵;然后是一个间隔,下面是一个六行诗组,用的是另一个韵。

前面的八行诗组又可分为两个四行诗组;第二个四行诗组是第一个四行诗组的延伸和发展。这和意大利的十四行诗的规律是完全符合的。

在李白的古风体诗歌中,我们还可以举出其他一些诗,也都同十四行诗的形式相似,如他为当时文士的不遇慨叹的一首:

咸阳二三月,宫柳黄金枝。

绿帻谁家子,卖珠轻薄儿。

日暮醉酒归,白马骄且驰。

意气人所仰,冶游方及时。

子云不晓事,晚献长杨辞。

赋达身已老,草玄鬓若丝。

投阁良可叹,但为此辈嗤。

头八句描写当时得宠的权贵骄纵浪游,扬扬得意,后六句以扬雄的遭遇为例,写当时文人不受重视,受到权贵们的嗤笑,也是一个八行诗组加上一个六行诗组合成的。再如他的一首游仙诗,写中原遭到战祸的悲惨情景:

> 西上莲花峰,迢迢见明星。
> 素手把芙蓉,虚步蹑太清。
> 霓裳曳广带,飘拂升天行。
> 邀我至云台,高揖卫叔卿。
> 恍恍与之去,驾鸿凌紫冥。
> 俯视洛阳川,茫茫走胡兵。
> 流血涂野草,豺狼尽冠缨。

头八句写登山后看见天上玉女邀请他登上云台峰,后六句写驾鸿升天,看见尘世的情景,也是一个八行诗组加上一个六行诗组合成的。我们还可以举一首嘲笑不识时务、食古不化的鲁叟的诗为例:

> 鲁叟谈五经,白发死章句。
> 问以经济策,茫如坠烟雾。

足著远游履,首戴方山巾。
缓步从直道,未行先起尘。
秦家丞相府,不重褒衣人。
君非叔孙通,与我本殊伦。
时事且未达,归耕汶水滨。

头八句描写鲁儒形象的可笑,后六句是对鲁儒的斥责,也是一个八行诗组加上一个六行诗组合成的,前八行又可分为两个四行诗组。以上所举的例子都是五言古诗,我们还可以举一首七言古诗《行路难》为例:

金樽清酒斗十千,玉盘珍馐直万钱。
停杯投箸不能食,拔剑四顾心茫然。
欲渡黄河冰塞川,将登太行雪满山。
闲来垂钓碧溪上,忽复乘舟梦日边。
行路难,行路难,多歧路,今安在。
长风破浪会有时,直挂云帆济沧海。

这也是前面一个八行诗组,又可分为两个四行诗组;后面的六行诗组,虽不完全整齐,有四行是三字句,但前面的八行诗组与后面的六行诗组之间有一个顿挫,这也是同意大利的十四行诗形式完全一致的。

有人也许认为李白的古风体诗一般都是由若干四行诗组合成,其中有些偶然是六行诗组,所举各诗都是此例,只是在行数上同西方的十四行诗巧合,算不得是真正的十四行诗,但是前面所举各例都是两个四行诗组加上末尾一个六行诗组;至少这可以说明李白的古体诗常常喜欢用这个组合。李白的时代比西西里岛的披埃·德勒·维奈要早好几百年,维奈只留下一首十四行诗,而前面随手举出的李白的十四行诗则已有四五首之多,因此不管李白的诗歌影响到西方这一假设是否能成立,如果我们说李白是世界上最早使用这一诗歌体裁的鼻祖,似乎也不算过分。

下面我还想把唐代盛行的绝句体同莪默凯延的鲁拜体(Rubai)做一比较。大家都知道莪默大约生于1048年,死于1123年。他的出生地方是呼罗珊(Khurasan)省的首都尼沙波尔(Nishapur),靠近阿姆河,在波斯(今伊朗)的东北部,也就是说,离今日的阿富汗不远。鲁拜体诗在11世纪至12世纪间盛行于波斯东北一带,这正是莪默的时代。实际上,莪默也并不是首创这种诗体的第一人,这种诗体的起源可能还要早一些。据传说,古代波斯人鲁达吉(Rudaki)在今阿富汗境内的嘎兹尼（Ghazni）城，看到孩子们玩核桃，并唱着："滚呀，滚呀，滚到巷子那头去呀！"他就用这个调子创作了这种诗体。这当然只是民间传说，不足以证明鲁达吉就是鲁拜诗体的创始者，但至少可以说明鲁拜诗体大概起源于民间歌谣，而且早在10世纪就出现了，因为鲁达吉死于941年，还有，这种歌谣形式很可能是从阿富汗传到伊朗境内的。

鲁拜（Rubai）的原意是四行诗，在这四行中，第一行、第二行和第四行需要押韵，第三行不押韵，所以在形式上同我们唐代盛行的绝句是很像的。这种诗体在古代波斯又被称为塔兰涅（Taraneh），意思正是断章或绝句。两种诗体形式既然相似，名称又如此相同，说明两者之间很可能有某种联系。从时间和地域方面来看，如果说鲁拜体是从唐代绝句演变而来，这并不是不可能的。这个假设也并未为我首创，一位意大利学者包沙尼（Alesandro Bausani）就曾经指出鲁拜体可能来自中亚的西突厥，而且他也认为可能与唐代的绝句同出一源。我们知道突厥人于1031年越过阿姆河，从东方侵入波斯境内，并在1041年占领了莪默的出生城市尼沙波尔，这正是莪默出生前八年。鲁拜体既然可能起源于民间歌谣，很可能是由西突厥从中国传播过去的。

关于莪默凯延所用的鲁拜体在中亚盛行于公元10世纪前后

的问题，不少西方学者还认为这与当时在中亚流行的一种教派苏菲派（Sufism）有关，这种信奉苏菲教派的人是一种在野修行的隐士，穿粗布衣裳，一说苏菲（Sufi）这个字即指粗布衣裳而言，但他们不反对耽乐饮酒，他们的人生观和世界观很类似我们唐代不得意的在野文士，吟诗饮酒，以佛教和道教思想寄托自己的理想。相传为莪默凯延所写的鲁拜体四行诗就反映了这种思想感情。唐代李白的不少诗篇的内容也与此非常相似，我们可以引下面的一首著名绝句为例：

问余何事栖碧山，笑而不答心自闲。
桃花流水窅然去，别有天地非人间。

由此可见，不但鲁拜诗体在形式上很像我国唐代的绝句，就是在思想内容上，同某些唐代文人的诗篇也是很相似的。从历史时代和地理条件来看，李白的诗歌传到中亚，影响了当地的诗歌创作，这也并不是不可能的事。

当然，以上我提出的假设，由于西方十四行诗和莪默凯延的鲁拜体诗与我国唐代诗歌可能的联系，实际上是属于中西交通史性质的探讨，已经不完全是属于比较文学研究的范围。从比较文学方面来看，我们把不同国家或地域的文学作品或现象加以比较，并不要求证明两者之间一定要有直接影响的关系。历史时代上或地域上距离很远的文学，即使两者之间不可能有任何实际联系，也可以拿来比较。但是我们中国学者们是历史唯物论者，我们认为文学艺术是人类社会活动的一种反映。在不同时代和不同地域的人，如果他们属于类似地位的社会阶层，具备类似的社会条件，经受类似的社会压迫，就可以有类似的思想感情，即使他们在时代和地域上距离很远，不可能有任何直接或间接的相互影响。相反，即使在同一地区，属于不同阶级的人却可以具有完全不同的思想感情，这就是如鲁迅所说过的，《红楼梦》里的焦大和林妹妹，虽然都在大观园内，却并没有共同的审美观念。我们不能同意某些西方学者从人性论出发的观点，认为只要是人，就会有相同的思想感情。比较文学是一门新兴的学科，我们认为只有坚持科学的反映论，认为文学是人类社会在一定的物质条件下的产物，比较文学这个学科才能有坚实的可靠的基础。无论唐代李白的某些诗篇是否曾经直接影响过中亚和欧洲的诗歌，我们认为中外文学上这种偶合现象也总是可以给予科学的解释的。

李白与〔菩萨蛮〕

〔菩萨蛮〕本是唐代的舞曲。唐玄肃间崔令钦的《教坊记》已载〔菩萨蛮〕名。最早的一首〔菩萨蛮〕词相传为李白所作:

> 平林漠漠烟如织,寒山一带伤心碧。暝色入高楼,有人楼上愁。　玉阶空伫立,宿鸟归飞急。何处是归程?长亭更短亭。

北宋释文莹的《湘山野录》记载:"此词不知何人写在鼎州沧水驿楼,复不知何人所撰,魏道辅泰见而爱之。后至长沙得古集于子宣内翰(曾布)家,乃知李白所作。"这应该是熙宁、元丰的事,当1070年左右。鼎州是今湖南常德。李白的诗在北宋时尚无定本,北宋的人对此词似乎也不熟悉。北宋沈括《梦溪笔谈》述及当时《李白集》里有〔清平乐〕词四首，未言有〔菩萨蛮〕，也未提起后世与〔菩萨蛮〕并称的〔忆秦娥〕。关于〔忆秦娥〕，北宋末年邵博《闻见后录》记载：

> "箫声咽，秦娥梦断秦楼月。秦楼月，年年柳色，灞陵伤别。　乐游原上清秋节，咸阳古道音尘绝。音尘绝，西风残照，汉家陵阙。"李太白词也。予常秋日饯客咸阳宝钗楼上。汉诸陵在晚照中。有歌此词者，一座凄然而罢。

由是可见〔忆秦娥〕在北宋末已甚传唱，且确定为太白词了。〔菩萨蛮〕与〔忆秦娥〕并称，传为李白，北宋已然。其为李白作，当然也无可疑。

不过近人如明胡应麟，也怀疑〔菩萨蛮〕〔忆秦娥〕〔清平调〕诸制为晚唐人作，嫁名李白的。〔清平调〕三章则因其出于晚唐人的小说，〔忆秦娥〕则因其名不见于崔令钦《教坊记》，〔菩萨蛮〕则因据苏鹗《杜阳杂编》其起源应在唐宣宗时（847—859年），太白生于701年，卒于762年，比《杜阳杂编》的记载早了一百多年，焉能先作？《杜阳杂编》的记载如下：

大中（唐宣宗年号）初，女蛮国贡双龙犀，有二龙，鳞鬣爪角悉备。明霞锦，云炼香麻以为之也，光耀芬馥著人，五色相间，而美于中国之锦。其国人危髻金冠，璎珞被体，故谓之"菩萨蛮"，当时倡优遂制〔菩萨蛮〕曲，文士亦往往声其词。更有女王国贡龙油绫、鱼油锦，纹彩尤异。皆入水不濡湿，云有龙油鱼油故也。优者亦作女王国曲，音调宛畅，传于乐部。

女蛮国，我们要知道，并不是《唐书》所载的东女国。东女国在今川康之交，唐贞元九年（793年）内附，移其国于维霸等州。大中年间已不复存在。况且北地服饰简陋，《唐书》言其王服青裙，为小鬟髻，与《杜阳杂编》的记载也不符合，这一段记载里的女王国我们知道是真腊，因为当时真腊，北与南诏接壤，而《唐书》则明明记载女王国在南诏以南。可是女蛮国显然不是女王国，然而既并见于一段记载里，可能也是我国西南边疆外的小国。关于八九世纪间南海诸国，除去我国正史和笔记小说外，大食和波斯人也有若干记载。波斯人法吉（Ibn al Fakih）在902年的《笔记》里说："天竺滨海有国曰罗摩（Rahma），其王为一女子。天降奇灾，凡有男子入境必死，而来者不绝，以有钜利可图也。"公元851年苏利曼（Suleiman）的《笔记》里说："罗摩国有他处所无之细布，用以制服，质细而轻，可以穿指环而过，此布乃绵织者……此国亦产犀牛，头生一角……天竺各地虽皆产之，此地犀角尤为美异，常有人物、孔雀、鱼龙及他花纹，唐人用为佩带，价极昂贵。"这里所说的绵布显然是女蛮国所贡的明霞锦，有鱼龙花纹的犀角显然就是女蛮国所贡的双龙犀。所以《杜阳杂编》里的女蛮国一定就是当时的罗摩国，而罗摩国我们知道是在下缅甸的。

《唐书》说南诏人养蚕织锦，而南诏以西，"人不蚕，剖波罗树实，状如絮，纽缕而幅之"。这里所说波罗树实的絮也就是木绵，也就是女蛮国的明霞锦。《华阳国志》载永昌哀牢有桐华布，也就是一类的东西："其梧桐木，其花柔如丝，民绩以为布，幅广五尺以还，洁白不受污，俗名曰桐华布，以覆亡人，然后服之，及卖于人；有兰干细布，兰干，獠言纻也，织成纹如绫锦。"这样看起来，当时云南的木绵布有两种，一种是白色的，另一种是织纹如锦的细纻。这与《唐书》所载骠国（上缅甸）所产的绵布是一样的。因为《唐书》说骠人"衣用白毡朝霞，以蚕帛伤生，不敢衣"。白毡和朝霞当然是上面说的两种绵布。朝霞更显然就是女蛮国的明霞锦。《唐书》记载贞元十七年（802年）骠国献乐，其乐工"衣绛氎，朝霞为蔽膝，谓之㒵裓襡，两间加朝霞，络腋。足臂有金宝钗钏，冠金冠，左珥珰，绦贯花鬘，珥双簪，散以靆"。白居易当时记此事的诗里有句云："珠缨炫转星宿摇，花鬘斗薮龙蛇动。"这一方面与《杜阳杂编》里所载女蛮国人"危髻金冠，璎珞被体"的描写相符，与《唐书》所载南诏妇人的服装，"以绫锦为裙襦，其上仍披锦"的描写也大同小异。《宋史·乐志》记载〔菩萨蛮〕队舞，"衣绯生色窄砌衣。冠卷云冠"。与之也大致相同。濮族妇人喜欢窄袖衣，上加披肩，下穿短裙，至今云南明家人还是如此。归纳起来，我们可以看出，无论是贞元年间骠国的乐工，大中年间女蛮国的使者，唐代南诏的贵妇，宋代〔菩萨蛮〕队舞的舞人。古代濮人服装都是衣上加五彩披肩，下着五彩短裙，衣绛氀或白氎窄衣。高髻危冠，璎珞被体的。

《杜阳杂编》所记载的女蛮国既已被证明为缅甸当时的罗摩国，我们就可以进一步考证〔菩萨蛮〕名称的来源。我们知道当时缅甸和云南的语言是大致相同的。虽然古代缅甸的碑铭所镌文字大都用印度的迦檀婆（Kadamba）字体，或波罗婆（Pallava）字体，但其文化仍属于濮族系统。因此我们在古代骠国和南诏的记载里都发现藏缅族的父子连名制，古南诏王的世系表如下：细奴罗（649—674），罗盛（674—712），盛罗皮（712—728），皮罗阁（728—748），阁罗凤（748—778），凤伽异（殇），异牟寻（778—808），寻阁劝（808—809），劝龙盛（809—816）。古骠国在蒲甘（Pasan）时代诸王世系表如下：骠苴低（Pyusawti）、低蒙苴（Timinyi）、苴蒙白（Yimminpaik）、白提里（Pailcthili）、提里羌（Thilckyaung）、羌陀里（Kyanngdnrit）。骠国诸王的年代不可确考，不过我们知道骠国原来建都卑谬（Prome），约在南诏的阁罗凤在位时因都城被毁而迁都蒲甘，所以阁罗凤大概与骠苴低同时。唐代云南的南诏与当时上缅甸的骠人原是一族，都是属于藏缅系的氐羌民族。古代由中国西部渐渐南迁到了云南和缅甸，南诏与骠国的王都称为诏，诏也就是氐人语的帝王。据历史记载，诏的名称似起于晋代。氐人原分布于秦陇川滇一带，晋时复有一部自陇西南徙；成汉李雄和前秦苻坚的领土并包括川滇。《晋书·苻坚载记》曰："坚强盛之时，国有童谣云：'河水清复清，苻诏死新城。'"《晋书·桓玄传》曰："玄左右称玄为苻诏。"骠苴低一名的骠苴二字就是骠王，因为苴也就是诏的另一译法。骠国的骠字就是濮，或蒲，或普。唐代南诏西南的部族都名为濮蛮或濮曼，或蒲人或朴子蛮，其居住地包括澜沧江以西以南，及上缅甸。现在红河下游诸地的大族还是姓普，《滇系》也说在明代当地土司都姓

二 论中国文学

普。骠苴或骠诏（Piusaw）与〔菩萨蛮〕的菩萨音同，〔菩萨蛮〕显然就是骠苴蛮的另一译法。可以附带提起的就是方才说明到苻坚有苻诏的称号，而我们知道苻坚原来姓蒲，蒲也就是普或濮，所以苻诏一名是也可以译为菩萨的。总之，〔菩萨蛮〕是译音，是古代缅甸的音乐。又缅人自称为蛮（man）。云南姚州有菩萨蛮洞，也可以为证。

我们现在也要记得，因了濮族的分布，中国与缅甸文化交流远在唐代以前便已开始。东汉的哀牢国就包括缅甸东北大部，而以永昌为西南文化中心。《蛮书》亦载河朕贾客到永昌以外骠国经商，而骠国亦遣信使到河朕贸易。又因为西南民族的流徙性很大，西南边疆外的音乐流入中国是自然不过的事。例如蜀汉建兴三年（225）诸葛武侯平南中，移民万余家于蜀，又以南羌北伐中原。南中平后，建宁太守李恢，迁永昌濮民数千落于云南郡及建宁郡界，以实二郡。唐高宗咸亨三年（672）昆明十四姓率户二万内附。开元天宝年间唐朝与南诏的关系尤为密切。开元末皮罗阁被封为云南王，天宝初又遣阁罗凤子凤伽异入宿卫，拜鸿胪卿，恩赐良异，且赐予胡部龟兹音声二列。中国北方音乐既传入南诏，西南边疆的音乐自然也有传入中国的，所以〔菩萨蛮〕舞曲传入中国，并不一定在唐宣宗时，可能在开元、天宝间，甚至在开元以前，就已经传入中国了。因此相传的一首

〔菩萨蛮〕为李白所作并非不可能。

李白,我们也要知道原来是氐族人。李白先世流徙巂州,就是唐初松外蛮分布的地域,后由青海南入西康,再东徙巴西。白生于昌明,即今西康盐源县。由盐源南至云南大姚,即唐代的姚州,为唐代中国与南诏间的交通大道。姚州有菩萨蛮洞,〔菩萨蛮〕的乐调流入中国当然经过盐源,李白的生地。由姚州西至祥云、凤仪、大理、永昌等地又为当时南诏与缅甸间的交通大道,大理尤为西南佛教的中心,当地有观音菩萨制服罗刹的传说。清康熙时大理崇圣寺所刻的白国因为也记载南诏初不信佛,后受观音菩萨感化。今大理喜州大慈寺有《波罗蜜多心经》为奭藏某僧所译,谓得自观音菩萨的赐予。郭松年《大理行记略》云:"家无贫富,皆有佛堂,人不以老幼,手不释数珠;一岁之间,斋戒几半。寺宇极多,不可殚纪。"大理段氏二十二主至有九人禅位为僧。今大理喜州大慈寺又有明嘉靖时太和人杨黼所为碑记,其中有言云:"曾登位守道结庵,度生死病老。尽日勤功把节操,连夜观参修求好。……菩提达摩作知音,伽叶作师主。"由此可见大理一带佛教的势力,尤其观音菩萨的影响为最显著;前面所说骠诏二字所以译为菩萨二字者,当然亦非偶然。据历史记载,唐代骠国人所献的乐亦皆演释氏经论。前面所引的若干材料已足证明〔菩萨蛮〕为缅甸乐调,且非常可能为李白幼时所熟悉的。李白出川是在他二十岁左右。他的诗集可证明他二十五六岁时到了湖北的安陆,此后流落荆楚若干年,又到了山东。前面提到的题在鼎州沧水驿楼的〔菩萨蛮〕词,若为李白所作,当成于李白在荆楚地方的这几年间,也就是在开元年间(713—742)。当时李白正在荆楚漫游,感时伤景,而起了故乡之思,所以用幼时所知的俗调写了这一首千古绝唱。〔菩萨蛮〕词的内容也可以证明为李白所作。我们知道李白最景仰的诗人是谢朓,而这首词里谢朓的影响是非常显著的,譬如说,谢朓的《临高台》就大概是这词的蓝本:"千里常思归,登台瞻绮翼。才见孤鸟还,未辨连山极。四面动清风,朝夜起寒色。谁识倦游者,嗟此故乡忆。"两首内容都是游子登台远望,倦游思故乡的意思。这首的"孤鸟"也就是〔菩萨蛮〕里的"宿鸟","寒色"也就是〔菩萨蛮〕里的"寒山"。谢朓诗里又有"远树暧阡阡,生烟纷漠漠"也就是"平林漠漠烟如织"的意思。谢朓诗里有"苍翠望寒山,峥嵘瞰平陆,已惕慕归心,复伤千里目",也就是"寒山一带伤心碧"的意思。谢朓诗里有"……高台望归翼……薄暮伤哉人,婵媛复何极",也就是"暝色入高楼,有人楼上愁"等句的意思。"长亭更短亭"出于庾信《京江南赋》的"十里五里,长亭短亭"。亭是驿道上公家所筑的亭子,一名官亭,便旅客歇息之用,因各亭间距离不一,因此有长亭短亭之称。"有人楼上愁"的楼,既在驿道上当然也是驿楼。这与《湘山野录》的记载相符,显然鼎州沧水驿楼的题词是李白自己的手迹,可惜今日已不可复见了。"玉梯空伫立"通行本作"玉阶",玉梯是原本。梯字常见于唐宋诗词。刘禹锡诗:"江上楼高十二梯,梯梯登遍与云齐。人从别浦经年去,天向平芜尽处低。"周邦彦词:"楼上晴天碧四垂,楼前芳草接天涯,劝君莫上最高梯。"用玉梯者,卢纶诗"高楼倚玉梯",李商隐诗"楼上黄昏望欲休,玉梯横绝月如钩",曹唐诗"羽客争升碧玉梯",丁谓词"玉梯相对开蓬岛",等等。古代道家好用玉字,如玉殿、玉楼、玉台、玉霄、玉洞、玉阙之类。自汉末道教流行,以巴蜀为最盛,唐代氐人多信奉道教,李白诗里也含有很深的道教影响。所以这也可作为补充的证据。

同样地,李白的〔忆秦娥〕应当也是氐人的流行乐调,这由秦字可以看出,因为秦陇本是氐族的故土。〔清平乐〕则更显然为南诏乐调。当时南诏有清平官,司朝廷礼乐等事,相当于唐朝的宰相。〔清平乐〕当然源出于清平官,此外更无其他合理的解释。

总之,根据上面的考证,〔菩萨蛮〕是古代缅甸方面的乐调,由云南传入中国。著名的〔菩萨蛮〕词"平林漠漠烟如织"是李白的作品,因为李白是氐人,生长在昌明,所以幼时就受了西南音乐的影响。在开元年间,李白流落荆楚,路过鼎州沧水驿楼,登楼望远,忽思故乡,遂以故乡的旧调作为此词。〔忆秦娥〕和〔清平乐〕也是李白利用故乡的俗曲写成的,不过其写成当在〔菩萨蛮〕后,约当李白去京都长安前后。唐代西北及西南边疆音乐对于中国音乐有极大的影响,如〔巴渝竹枝词〕〔柘枝舞〕〔霓裳羽衣曲〕〔凉州曲〕等都是边疆文化的产物,容另为文以述之。

论词的起源

前写〔菩萨蛮〕一文,意犹未尽,请进而论词的起源。

自从敦煌石室发现《云谣集杂曲子》和唐词二十一首以后,我们知道至少在盛唐时,词曲业已流行于西北边疆。过去胡适之先生论词的起源,曾以为李白时不能有〔菩萨蛮〕等词。王静安先生则以《教坊记》所载词曲名证明开元年间已有词曲。胡适之先生又说《教坊记》里的曲名表,曾经后人增改,又举〔天仙子〕〔倾杯乐〕〔菩萨蛮〕〔望江南〕〔杨柳枝〕五调为例,据《杜阳杂编》和《乐府杂录》来证明它们不是开元旧曲。王静安先生又说:"弟意如谓教坊旧有〔望江南〕曲调,至李卫公而始依此调作词;旧有〔菩萨蛮〕曲调,至宣宗时始为其词,此说似非不可通,与尊说亦无抵牾。"这样《教坊记》和《乐府杂录》所载可以两全,而《杜阳杂编》所说〔菩萨蛮〕曲调作于大中初年的话,却有点问题。拙作《李白与菩萨蛮》，又证明了《杜阳杂编》所说女蛮国在大中初年进贡，带来〔菩萨蛮〕曲的话不错，而李白由于他早年的特殊环境，在宣宗前一百多年就写了一首〔菩萨蛮〕词也是十分可能的。这样词曲起源于晚唐的话，当然不能成立。

近年唐圭璋先生对于词起于晚唐的话，又加以有力的辩驳，其言云："予按胡先生当时未知敦煌发现之唐词，故有五调之疑。王先生当时亦未见及，故二次答书均不能证明盛唐有词，仅据《教坊记》明有调而已。今吾人幸见敦煌唐词，胡先生所疑之五调，适均有之。"唐先生于是举《云谣集》的双调〔天仙子〕来证明其不始于会昌初年，举《云谣集》的〔倾杯乐〕来证明并非宣宗时始有；举罗氏所藏敦煌唐词〔菩萨蛮〕来证明其非创于大中初年，举《敦煌掇琐》的〔望江南〕来证明其非始于李德裕；举《敦煌掇琐》的〔杨柳枝〕来证明其非创自白居易。关于崔令钦的《教坊记》，唐先生说：令钦唐玄宗时人，曾官著作佐郎。记中所载开元以来教坊乐曲，大曲四十六种，杂曲二百七十八种，共三百二十四种，可见当时乐曲发展之盛况。《旧唐书·音乐志》云："自开元以来，歌者杂用胡夷里巷之曲。"崔书所载，正与之合。唐先生又说词起于隋，宋王灼《碧鸡漫志》云："盖隋以来，今之所谓曲子者渐兴，至唐稍盛。""斯言最得其实。夫隋已有词之创作，更何疑于盛唐。况玄宗以文学而兼音乐之长，设梨园，置教坊，大倡胡夷之乐；亲制〔春光好〕〔秋风高〕〔一斛珠〕〔雨霖铃〕〔霓裳羽衣〕〔凌波〕诸曲，一时之盛，殆与当时文人所作不可歌之诗篇，不相上下。且乐工每采文人之五七言诗以入乐，更足见乐府之声势，直凌驾近体诗之上矣"。这些意见都相当正确。

不过唐先生似乎忽略了词曲是起源于民间音乐，所谓"胡夷里巷之曲"的；而对于〔菩萨蛮〕等词的民间起源，未加以详细的考释，因此觉得《杜阳杂编》的记载与《教坊记》不能符合，遂认为前者错误。詹锳先生于是又作了《李白菩萨蛮忆秦娥词辨伪》一文，主张词还是起源于晚唐的。这篇论文里最有力的证据，也就是在说明《杜阳杂编》的记载可靠。他据《四库提要》，说《杜阳杂编》所记，上起广德元年，下尽咸通十四年；懿宗卒于咸通十四年；而当时去大中元年不过二十七年，所以〔菩萨蛮〕谱为曲调，是苏氏所亲闻的，所以不会弄错。其实据我关于〔菩萨蛮〕的考证，这些都不成问题；《杜阳杂编》的记载应当可信，不过〔菩萨蛮〕的调子在这件事前业已流行于我国西部边疆，只是未引起多数人的注意而已。

〔菩萨蛮〕又名子夜歌，也许就是晋代的旧曲。我们不能因为相传的子夜歌辞是五言的，就认为它不是唐代的〔菩萨蛮〕。因为那调子如何唱法，早已失传，字句的长短不能证明什么。子夜歌与公莫、明君等曲都是凉州方面的乐调；这与〔菩萨蛮〕为西北边疆歌曲的话并不冲突。我们知道我国西北与西南边疆的氐羌文化是大致相同的，而且历代保持密切的联系。云南古代有两条通西北的大道：一条是汉唐的石门道，清溪道，由建章、会川渡金沙江入姚安、白崖；另一条是天宝间出师所经的姚嶲路，由嶲州出鹤麓、永宁。从汉晋到隋唐，氐族文化的中心是西北的凉州；在唐代，因了疆域的开辟和南诏的突起，凉州以外，西北的敦煌和西南的昆明、大理也成了氐族文化的重要据点。从敦煌唐词的发现，从我关于〔菩萨蛮〕〔虞美人〕〔竹枝词〕〔柘枝舞〕等曲的考证看来，这大概是不错的。《花间集》里的词人差不多出自西川，也是很好的证明。在五代时，南唐的物质环境远胜于蜀，然而只出了中主和后主两位词人，可见蜀人所以工于词，并不完全由于环境合宜于文学的发展，而另有原因在。唐代南诏曾几次侵入西川，进犯成都；如天宝八年阁罗凤陷嶲州。贞元三年西川节度使韦皋开清溪道，招抚群蛮，又选子弟，聚于成都。太和三年晟丰祐陷邛戎嶲三州，入成都，大掠经籍工技珍货。咸通十年世隆陷犍为和黎雅嘉三州，四年寇越嶲。光化五年郑旻攻黎州。南诏在西川当然也留下了它的文化影响，而其文化影响最显著的也就是它的民间歌曲。

当然我们不能说初期的词调都来自凉州、敦煌、昆明和大理，因为一部分初期的词是前朝的旧曲。乐府和词本是一物，不过汉魏乐府多半是北方的民间歌谣，而在唐词里，则南方的影响特别显著，因此造成不同的风格。南朝乐府较近于唐词，这是因为它们大半是吴、楚、蜀等地的民间歌谣的缘故。

还有一件值得注意的事实，就是乐府或词的来源不只是民间歌谣，而且是边疆地方的民间歌谣；因此汉魏的乐府多半以凉州等地为题材，南朝的乐府则引用吴、楚、蜀等地的风物，唐词则受了极大的南诏、闽粤和敦煌一带的文化影响。当然，在这时期，中国文化战斗和吸收的对象是印度文化；不过印度文化的大部分是由西域和南海，经上述各地的媒介，且以相当汉化以后，才传入中原的。一文化的延续常需要外来文化的刺激，而取得新的生命，达到更广大和更高的发展。如果一个民族失去了自信力，不敢大量吸收外来的文化而同化之，则其本位文化必衰灭死亡。近百年间我国的"提倡国粹"论者和"中学为体，西学为用"论者都是失去自信力的古老文化的产物。为了发扬中国文化，我们必须推翻庙堂文学，使文学在民众中间生根，且大胆地接收一切外来文化。词的发展，在中国文学史上，无疑是一个辉煌的成就，我们从词的起源所得的结论也是一个对于当今颇为重要的教训。

李义山《锦瑟》诗试解

李义山的《锦瑟》诗，一千多年来，深为读者所喜爱。然而，"一篇《锦瑟》解人难"（王世祯语），解者纷纷，莫衷一是。黄山谷承认："谈此诗，特不晓其意。"（《缃素笔记》）元遗山也说："诗家总爱西崑好，独恨无人作郑笺。"（《论诗绝句》）梁启超表示："义山的《锦瑟》等诗，讲的什么事，我理会不着……但我觉得它美，读起来令我精神上得一种新鲜的愉快。"至于纷纷的解说中，或以为本诗的颔腹两联，指锦瑟四曲（苏东坡）；或说作者以此诗自寓创作（钱锺书），难以苟同，大致同意的说法，不出悼亡和自伤二解。

认为是悼亡或写一段恋爱故事的，是抓住题目上的"锦瑟"不放。夫妇有琴瑟之喻，于是"锦瑟"就成为亡妻的象征。但"五十弦"又不符合义山亡妻王氏的大约岁数。王氏是义山的续弦妻，一定比义山小。他们结缡十三年，王氏去世时，义山四十岁，王氏的年岁如何与"五十弦"的字面含义相协调呢？况且诗在开首之后，颔联应落在悼亡者身上，而庄生、望帝都是男性，庄生梦蝶和望帝化鹃也不像是说诗人，可见必不是悼亡之作。若说是别有情人，《唐诗纪事》就依这首诗情调，编造了一个爱情故事，说令狐楚的婢女名锦瑟，义山对她情有所钟，那更是无稽之谈，不值一驳的了。

能不能说这首诗是以自伤为主题呢？本篇自然说是伤悼一件值得追忆的情事，但未必是自道生平，自写身世。庄生之迷和望帝之恨好像无法和义山连在一起，若说这是诗人怀才不遇，"月明"和"日暖"比喻清时，"珠泪"和"玉烟"自喻文采，则穿凿附会，也不值一驳。

我认为岑仲勉先生将此诗解作"伤唐室之残破，与恋爱无关"，是极可能的，这样解释全诗，是完全可以解通的。

鲁迅的《自题小像》诗[①]

鲁迅早期的《自题小像》诗是大家都熟悉的,诗是一首七言绝句:"灵台无计逃神矢,风雨如磐闇故园。寄意寒星荃不察,我以我血荐轩辕。"这是鲁迅才到日本留学时写的。据许寿裳说,这首诗是鲁迅在1903年寄给他的,但鲁迅后来记忆是他二十一岁时写的,也就是在1902年年初。关于这首诗的内容解释,总的来说,大家都没有什么不同意见,这当然是年轻时的鲁迅最早的爱国誓言,可以说它奠定了他以后一生的道路和政治方向。诗中第二句"风雨如磐"出自《诗经》,第三句的"寒星"和"荃不察"出自《楚辞》,"轩辕"即黄帝,是中国祖先的象征。这些都没有什么问题。"风雨如磐"当然不是指真的风雨,而是说祖国当时正处于被帝国主义列强压迫之

---

① 原载1989年3月《人民日报》。

下，这也是很容易理解的。

只是诗的第一行后来却引起了一些不必要的误解。有的注释家往往认为"灵台"指心，"神矢"是西方爱神的箭，我却一直认为这是完全错误的。"文革"前我曾对一些研究鲁迅的朋友们说过我的意见，但因国内先有了过去的权威说法，我的解释一直未引起足够重视。我还觉得应该申述一下。

"灵台"指心，说见《庄子·庚桑楚》"不可内于灵台"。实际上这是战国时人引申的意思。"灵台"一词早见于《诗经》，是指周文王修建的观象台。这个灵台是实有还是古代传说，只能有待于将来考古工作者去解决，反正自周朝一统中原以来，相传都说有这么一个地方，是天下的中心。《诗·大雅》里《灵台》是篇名，是歌颂周文王的诗。郑玄笺谓"文王受命而作邑于丰，立灵台"。又见《孟子·梁惠王上》，"文王以民力为台为沼，而民欢乐之，谓其台为灵台"。到了战国时代，轩辕黄帝的神话开始流行，轩辕黄帝成为中国各民族的祖先，灵台又成为轩辕黄帝之台。从战国到秦汉，在古代天文学和医学里，灵台既是中央的天文观象台，又引申为天上的星名和人体的中心，所以庄子才以灵台为心的代名词，汉代的《三辅黄图》里就以中央的观象台名为灵台，《晋书·天文志》也说"明堂西三星曰灵台，观台也，主观云物"。反正到了战国以后，灵台就是轩辕黄帝之台，人体上指心也好，天文上指星也好，都是中央的象征，周文王的传说已经为轩辕黄帝取代了。

灵台既然指轩辕黄帝之台，"灵台无计逃神矢"这一句就很好解释。鲁迅年幼时是很喜欢读《山海经》的。《大荒西经》里说："有轩辕之台，射者不敢西向，畏轩辕之台。"《海外西经》也说："穷山在其北，不敢西射，畏轩辕之丘。"郭璞注曰："敬难黄帝之神。"郝懿行注曰："台亦丘也。"看来古代人认为中国四方都有不少妖神，但它们都害怕轩辕黄帝，不敢向轩辕的灵台射箭。《山海经》里也提到共工之台，也是说各地妖神不敢向灵台射箭，如《大荒北经》里说："有共工之台，射者不敢北向。"《海外北经》也说："相柳者九首人面蛇身而青，不敢北射，畏共工之台。"都是一个意思，因为共工在古代神话里也是个与帝争霸的君主。鲁迅这首诗末句既然说"我以我血荐轩辕"，用的典故当然指的是古代神话里轩辕之台，那样第一句应该用的是同一典故，意思也就是指祖国当时已处于风雨飘摇的黑暗时代，四方妖神也就是说帝国主义列强，已不再害怕黄帝的威灵，都敢向灵台攻击了。鲁迅这首诗写成的时代正是帝国主义列强纷纷向中国进攻的那些年。

过去不少人认为"神矢"是指西方神话中爱神之箭，这是完全讲不通的。爱国感情同男女之恋完全是两回事，在希腊罗马神话里，两者是不能混淆的。鲁迅对西方文学也不外行，不可能做出这样的比喻。在中国古代诗歌里，倒有过把封建君王比作自己的丈夫，把自己比作臣妾，或者说失宠的小老婆的，但是"忠君"也还并不等于"爱国"，鲁迅从青年时代起就是反封建的闯将，他不会那样乱用外国典故或者有那样的封建士大夫感情的。

国家新闻出版广电总局
首届向全国推荐中华优秀传统文化普及图书

大家小书书目

国学救亡讲演录	章太炎 著	蒙 木 编
门外文谈	鲁 迅 著	
经典常谈	朱自清 著	
语言与文化	罗常培 著	
习坎庸言校正	罗 庸 著	杜志勇 校注
鸭池十讲（增订本）	罗 庸 著	杜志勇 编订
古代汉语常识	王 力 著	
国学概论新编	谭正璧 编著	
文言尺牍入门	谭正璧 著	
日用交谊尺牍	谭正璧 著	
敦煌学概论	姜亮夫 著	
训诂简论	陆宗达 著	
金石丛话	施蛰存 著	
常识	周有光 著	叶 芳 编
文言津逮	张中行 著	
经学常谈	屈守元 著	
国学讲演录	程应镠 著	
英语学习	李赋宁 著	
中国字典史略	刘叶秋 著	
语文修养	刘叶秋 著	
笔祸史谈丛	黄 裳 著	
古典目录学浅说	来新夏 著	
闲谈写对联	白化文 著	
汉字知识	郭锡良 著	
怎样使用标点符号（增订本）	苏培成 著	
汉字构型学讲座	王 宁 著	

诗境浅说	俞陛云 著
唐五代词境浅说	俞陛云 著
北宋词境浅说	俞陛云 著
南宋词境浅说	俞陛云 著
人间词话新注	王国维 著　滕咸惠 校注
苏辛词说	顾　随 著　陈　均 校
诗论	朱光潜 著
唐五代两宋词史稿	郑振铎 著
唐诗杂论	闻一多 著
诗词格律概要	王　力 著
唐宋词欣赏	夏承焘 著
槐屋古诗说	俞平伯 著
词学十讲	龙榆生 著
词曲概论	龙榆生 著
唐宋词格律	龙榆生 著
楚辞今绎讲录	姜亮夫 著
读词偶记	詹安泰 著
中国古典诗歌讲稿	浦江清 著
	浦汉明 彭书麟 整理
唐人绝句启蒙	李霁野 著
唐宋词启蒙	李霁野 著
唐诗研究	胡云翼 著
风诗心赏	萧涤非 著　萧光乾　萧海川 编
人民诗人杜甫	萧涤非 著　萧光乾　萧海川 编
唐宋词概说	吴世昌 著
宋词赏析	沈祖棻 著
唐人七绝诗浅释	沈祖棻 著
道教徒的诗人李白及其痛苦	李长之 著
英美现代诗谈	王佐良 著　董伯韬 编
闲坐说诗经	金性尧 著
陶渊明批评	萧望卿 著

古典诗文述略	吴小如 著	
怎样阅读现代派诗歌	郑　敏 著	
新诗与传统	郑　敏 著	
一诗一世界	邵燕祥 著	
舒芜说诗	舒　芜 著	
名篇词例选说	叶嘉莹 著	
汉魏六朝诗简说	王运熙 著	董伯韬 编
唐诗纵横谈	周勋初 著	
楚辞讲座	汤炳正 著	
	汤序波　汤文瑞 整理	
好诗不厌百回读	袁行霈 著	
山水有清音		
——古代山水田园诗鉴要	葛晓音 著	
红楼梦考证	胡　适 著	
《水浒传》考证	胡　适 著	
《水浒传》与中国社会	萨孟武 著	
《西游记》与中国古代政治	萨孟武 著	
《红楼梦》与中国旧家庭	萨孟武 著	
《金瓶梅》人物	孟　超 著	张光宇 绘
水泊梁山英雄谱	孟　超 著	张光宇 绘
水浒五论	聂绀弩 著	
《三国演义》试论	董每戡 著	
《红楼梦》的艺术生命	吴组缃 著	刘勇强 编
《红楼梦》探源	吴世昌 著	
《西游记》漫话	林　庚 著	
史诗《红楼梦》	何其芳 著	
	王叔晖 图	蒙　木 编
细说红楼	周绍良 著	
红楼小讲	周汝昌 著	周伦玲 整理
曹雪芹的故事	周汝昌 著	周伦玲 整理

古典小说漫稿	吴小如 著		
三生石上旧精魂			
——中国古代小说与宗教	白化文 著		
《金瓶梅》十二讲	宁宗一 著		
古体小说论要	程毅中 著		
近体小说论要	程毅中 著		
《聊斋志异》面面观	马振方 著		
《儒林外史》简说	何满子 著		
我的杂学	周作人 著	张丽华 编	
写作常谈	叶圣陶 著		
中国骈文概论	瞿兑之 著		
论雅俗共赏	朱自清 著		
文学概论讲义	老舍 著		
中国文学史导论	罗庸 著	杜志勇 辑校	
给少男少女	李霁野 著		
古典文学略述	王季思 著	王兆凯 编	
古典戏曲略说	王季思 著	王兆凯 编	
鲁迅批判	李长之 著		
唐代进士行卷与文学	程千帆 著		
说八股	启功	张中行	金克木 著
译余偶拾	杨宪益 著		
文学漫识	杨宪益 著		
三国谈心录	金性尧 著		
夜阑话韩柳	金性尧 著		
漫谈西方文学	李赋宁 著		
历代笔记概述	刘叶秋 著		
周作人概观	舒芜 著		
古代文学入门	王运熙 著	董伯韬 编	
有琴一张	资中筠 著		
西与东	乐黛云 著		

新文学小讲	严家炎	著
回归，还是出发	高尔泰	著
文学的阅读	洪子诚	著
中国文学1949—1989	洪子诚	著
鲁迅作品细读	钱理群	著
中国戏曲	么书仪	著
元曲十题	么书仪	著
唐宋八大家 ——古代散文的典范	葛晓音	选译
辛亥革命亲历记	吴玉章	著
中国历史讲话	熊十力	著
中国史学入门	顾颉刚 著	何启君 整理
秦汉的方士与儒生	顾颉刚	著
三国史话	吕思勉	著
史学要论	李大钊	著
中国近代史	蒋廷黻	著
民族与古代中国史	傅斯年	著
五谷史话	万国鼎 著	徐定懿 编
民族文话	郑振铎	著
史料与史学	翦伯赞	著
秦汉史九讲	翦伯赞	著
唐代社会概略	黄现璠	著
清史简述	郑天挺	著
两汉社会生活概述	谢国桢	著
中国文化与中国的兵	雷海宗	著
元史讲座	韩儒林	著
魏晋南北朝史稿	贺昌群	著
海上丝路与文化交流	常任侠	著
中国史纲	张荫麟	著
两宋史纲	张荫麟	著

北宋政治改革家王安石	邓广铭 著
从紫禁城到故宫	
——营建、艺术、史事	单士元 著
春秋史	童书业 著
明史简述	吴 晗 著
朱元璋传	吴 晗 著
明朝开国史	吴 晗 著
旧史新谈	吴 晗 著 习之 编
史学遗产六讲	白寿彝 著
杨向奎说上古史	杨向奎 著
司马迁之人格与风格	李长之 著
历史人物	郭沫若 著
屈原	郭沫若 著
舆地勾稽六十年	谭其骧 著
魏晋南北朝隋唐史	唐长孺 著
秦汉史略	何兹全 著
魏晋南北朝史略	何兹全 著
司马迁	季镇淮 著
唐王朝的崛起与兴盛	汪 篯 著
二千年间	胡 绳 著
论三国人物	方诗铭 著
考古发现与中西文化交流	宿 白 著
清史三百年	戴 逸 著
清史寻踪	戴 逸 著
走出中国近代史	章开沅 著
中国古代政治文明讲略	张传玺 著
艺术、神话与祭祀	张光直 著
	刘 静 乌鲁木加甫 译
中国古代衣食住行	许嘉璐 著
辽夏金元小史	邱树森 著
中国古代史学十讲	瞿林东 著

宾虹论画	黄宾虹 著	
中国绘画史	陈师曾 著	
和青年朋友谈书法	沈尹默 著	
中国画法研究	吕凤子 著	
桥梁史话	茅以升 著	
中国戏剧史讲座	周贻白 著	
中国戏剧简史	董每戡 著	
西洋戏剧简史	董每戡 著	
俞平伯说昆曲	俞平伯 著	陈均 编
新建筑与流派	童寯 著	
论园	童寯 著	
拙匠随笔	梁思成 著	林洙 编
中国建筑艺术	梁思成 著	林洙 编
沈从文讲文物	沈从文 著	王风 编
中国画的艺术	徐悲鸿 著	马小起 编
中国绘画史纲	傅抱石 著	
龙坡谈艺	台静农 著	
中国舞蹈史话	常任侠 著	
中国美术史谈	常任侠 著	
说书与戏曲	金受申 著	
世界美术名作二十讲	傅雷 著	
中国画论体系及其批评	李长之 著	
金石书画漫谈	启功 著	赵仁珪 编
吞山怀谷——中国山水园林艺术	汪菊渊 著	
故宫探微	朱家溍 著	
中国古代音乐与舞蹈	阴法鲁 著	刘玉才 编
梓翁说园	陈从周 著	
旧戏新谈	黄裳 著	
民间年画十讲	王树村 著	姜彦文 编
民间美术与民俗	王树村 著	姜彦文 编

长城史话	罗哲文 著
人巧与天工	
——中国古园林六讲	罗哲文 著
现代建筑奠基人	罗小未 著
世界桥梁趣谈	唐寰澄 著
如何欣赏一座桥	唐寰澄 著
桥梁的故事	唐寰澄 著
园林的意境	周维权 著
万方安和	
——皇家园林的故事	周维权 著
乡土漫谈	陈志华 著
现代建筑的故事	吴焕加 著
中国古代建筑概说	傅熹年 著
简易哲学纲要	蔡元培 著
大学教育	蔡元培 著
	北大元培学院 编
老子、孔子、墨子及其学派	梁启超 著
春秋战国思想史话	嵇文甫 著
晚明思想史论	嵇文甫 著
新人生论	冯友兰 著
中国哲学与未来世界哲学	冯友兰 著
谈美书简	朱光潜 著
中国古代心理学思想	潘菽 著
佛教基本知识	周叔迦 著
儒学述要	罗庸 著 杜志勇 辑校
周易简要	李镜池 著 李铭建 编
希腊漫话	罗念生 著
佛教常识答问	赵朴初 著
大一统与儒家思想	杨向奎 著
孔子的故事	李长之 著

西洋哲学史	李长之 著	
哲学讲话	艾思奇 著	
中国文化六讲	何兹全 著	
墨子与墨家	任继愈 著	
中华慧命续千年	萧萐父 著	
儒学十讲	汤一介 著	
汉化佛教与佛寺	白化文 著	
传统文化六讲	金开诚 著	金舒年 徐令缘 编
美是自由的象征	高尔泰 著	
论美	高尔泰 著	
中华文化片论	冯天瑜 著	
儒者的智慧	郭齐勇 著	
中国政治思想史	吕思勉 著	
市政制度	张慰慈 著	
政治学大纲	张慰慈 著	
政治的学问	钱端升 著	钱元强 编
民俗与迷信	江绍原 著	陈泳超 整理
乡土中国	费孝通 著	
社会调查自白	费孝通 著	
怎样做好律师	张思之 著	孙国栋 编
中西之交	陈乐民 著	
律师与法治	江平 著	孙国栋 编
经济学常识	吴敬琏 著	马国川 编
天道与人文	竺可桢 著	施爱东 编
中国医学史略	范行准 著	
优选法与统筹法平话	华罗庚 著	
数学知识竞赛五讲	华罗庚 著	
中国历史上的科技发明	钱伟长 著	

出版说明

"大家小书"多是一代大家的经典著作,在还属于手抄的著述年代里,每个字都是经过作者精琢细磨之后所拣选的。为尊重作者写作习惯和遣词风格、尊重语言文字自身发展流变的规律,为读者提供一个可靠的版本,"大家小书"对于已经经典化的作品不进行现代汉语的规范化处理。

提请读者特别注意。

北京出版社